THAT TURTLE, THE STRONGEST ON EARTH
その亀、地上最強
3
しんこせい
Illustration 福きつね

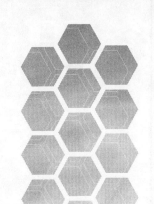

That turtle,
the strongest on earth

プロローグ

「……（ガクガクブルブル）」

「みいっ！」

アイビーがこちらを安心させようと、手を僕の肩にぺちぺちさせてくる。

けれども緊張のあまり、今ばかりは彼女にいつもの笑顔で反応することができなかった。

そう、僕は緊張している。

というか……圧倒されているのだ。

目映くそして荘厳な、王の居城に。

目の前にそびえ立つのは、白亜の城。

そして大男三人分くらいの高さがあるドアの左右には、いかにも強そうな衛兵さん達が並んでいる。

列になっている彼らにぺこぺこと頭を下げながら、立ち止まって震えそうになる身体を叱咤して、なんとか歩き続ける。

エンドルド辺境伯の屋敷も大きいと思っていたけれど、あれとも比べものにならない。

「開門！」

僕らが近づいていくと衛兵のリーダーらしき人が叫び、それに呼応するように門の上の方から鐘の音が鳴る。

ゴゴゴゴ……と地響きのような大きな音を鳴らしながら、門が開いていく。

ゆっくりと見えてきた中からは、美しい庭園が見えてきた。

「ついてきてくださいブルーノ様、アイビー様、サンシタ様」

「は、はいっ！」

僕らを先導する衛兵さん。

がっしりとした鎧を着けてガシャガシャと音を立てながら歩く彼の背中を、おっかなびっくり追いかけていく。

「どどどどどうしようアイビー、本当に王城に入っちゃってるよ！」

「みぃみぃ」

《デカいでやんすねぇ……》

衛兵さんに聞こえないように小声でやりとりをしながら、どんどんと前に進んでいく。

隣にも後ろにも、仲間は居ない。

王都まで一緒に来てくれたカーチャも、今は王城の別室にいるはずだ。

——そう、僕らは王様に呼び出されたため、イリアス王国の王都の中央にでかでかと鎮座している王城へとやって来ている。

理由はわからないけれど、今回王様からの直接の手紙で王城へと呼び出されたのは、僕とアイビーとサンシタのみ。

他の人達は来なくてもいいという話だったんだけど……。

『え、私？　面倒そうだからパスかな』

『勇者として命令を何度も受けたことがあるけど、正直王様にはあまりいい思い出がない。だから私は遠慮させてもらおう』

『私、蜂蜜作りに真面目ですの。ですから結構ですわ』

『政治に関わることはもうこりごりですので、遠慮させていただきます』

『マリア様がいかないのなら、私も行きません』

という感じで、救世者の皆は早々に不参加の意を表明しており。

結局僕らと共にアクープの街を出てきたのは最初についてきてくれると言ったカーチャと、

《よくわからないけど、ついていくでやんす！》

人間の事情がよくわからないまま、なんかよくわからないけどついてきてくれたサンシタだけだった。

皆ひどいよね。

面倒ごとは全て、僕に押しつけちゃうなんて。

まあたしかに、救世者自体いざという時のために僕を矢面にするために組んだ臨時パーティーみたいなところがあるから、別にいいんだけどさ……。

アクープから王都までの道のりは比較的快適だった。

エンドルド辺境伯が豪華な六頭立ての馬車を用意してくれたし、何せ僕は今回王様であるヴェント二世の招待状まで持っている。

道中山賊に襲われるようなこともなく、いくつかの街で歓待を受けながら、僕らは王都へ無事たどり着くことができた。

「まあ安心せい。多分じゃが王宮勤めの書記官あたりと話をして、褒賞をもらって終わりじゃろうから」

カーチャにそう言われホッとしていた僕らは、そのままあれよあれよという間に王城まで連れて行かれ……。

「余がヴェント二世である。ブルーノ、そしてアイビー、面を上げよ」

そして気付けば、謁見の間にて、国王様と直接対面することになっていたのだった。

——代理人と話をするだけじゃなかったの!?

話が違うよ、カーチャ！

第一章

王都にて

「みっ」

ほら、という感じで肩の上に乗ったアイビーが僕のことを叩く。

緊張で完全に思考がフリーズしていた僕は衝撃にハッと意識を取り戻し、なぜか中に入るのは、アイビーも許されている。

本当なら生き物や武器なんかは持ち込んじゃいけないらしいんだけど、なぜかアイビーは許可が出てしまったのだ。

王様から直々に言われてしまえば顔を上げないわけにもいかず、急いで上体を起こす。

するとそこには宝石がちりばめられた玉座に座っている、一人の壮年の男性の姿があった。

彼が、ヴェント二世……。

「此度の戦働き、誠に大儀であった。ブルーノ達救世者がいなければ、王国は未曽有の危機に立たされていたことだろう」

「あ、ありがとうございます……」

その頭には玉座よりも大粒の宝石が象眼されている王冠を着けており、身に着けているのは金糸の刺繍されている真っ赤なローブだ。

年齢は四十代後半くらいだろうか。

ストレスからか少しだけ髪も薄くなっていて、顔にも今まで苦労した分だけのシワが刻まれている。

正直見た目は豪華な装飾品に似つかわしくない、少しくたびれたおじさんのような感じだ。

けれどその瞳は思わず息が詰まるくらいに力強く、目力だけで人を殺せるんじゃないかと思ってしまうほどだった。

「救世者はそれぞれが一軍に匹敵するほどの猛者揃いだったが、やはりその中でもブルーノとアイビーの勲功は、他に比類がないほどにすさまじいものであった。そして万を超える魔物の素材を戦後の復興に使ってほしいというその申し出もまた、今までに類を見ないものである」

僕達は魔王島とつながっている五つの港町を回りながら、皆を助けるためにひたすら戦い続けた。

そのため今回僕らが倒した魔物の素材は、とんでもない量になってしまっている。

話し合った結果、今回の戦いで得られた魔物の各種素材の一部を、復興に充ててもらうことにした。

一部といっても、王様が言っているようにその素材の数は軽く万を超えている。

その中にはその皮が一枚金貨数枚もするような二等級・三等級の魔物達も多く含まれているので、それなりの金額にはなっているはずだ。

少しだけホッとした様子の王様を見れば、僕の予想がそこまで大きく外れてはいなさそうだった。

今回各領地が結構な打撃を受けているみたいだし、困った時は助け合いだ。

それにここ最近、ようやく黒の軍勢との戦いで倒した魔物達の素材の換金が終わった。

それを合わせるととんでもない金額（具体的に言うと、僕とアイビーがある程度散財し続けても一生かかって使い切れないような大きな額）になっているため、お金はそれほど必要としていない。

というか更に増えちゃったこのお金をどうやって使うべきだろうか……。

大金を持ったせいで人生が狂うなんてよくある話だから、よく考えなくちゃいけない。

とりあえず仕送りの額、増やしてみようかな……。

って、今はそんなこと考えてる場合じゃなかった!!

「王国に暮らしている者として、当然のことをしたまでです」

「なるほど、ブルーノは勇士であるな」

「みぃっ！」

「おっと、もちろんアイビーもだぞ。貴殿が人であったなら、勲章の一つでもあげられたのだがな」

そう言うとヴェント二世はいかめしい表情を少しだけ緩めた。

どうやら彼も、アイビーのかわいさに魅せられてしまったようだ。

「ごっほん！　では改めて……ブルーノにアイビー、此度の二人の功績、正に比類なし。余は二人の戦働きに、褒賞を以て報いよう。勲章を与えるのは当然のこととして……他に、何か求めるものはあるか？」

「……」

僕はアイビーの方を向く。

するとアイビーも僕の方を向いていて、僕らは見つめ合う形になった。

通常であればここは、

『何もございません、陛下の御心のままに』

と答える場面だ。

けれど『その答え方をしてはダメじゃ！』と事前にカーチャからは釘を刺されている。

なんでもそうなった場合僕はまず間違いなく爵位を与えられてしまうらしい。

そこから考えられるパターンはいくつかあるらしいけれど、僕が一度貴族身分になってしまうと、王国に対して色々な責任が生じてしまう。

そうなればまず間違いなく王国は僕を通してアイビーに色々な枷をつけるようになるだろうとエンドルド辺境伯も言っていた。

そんな事態になることだけは、なんとしてでも避けなくちゃいけない。

なので僕は勇気を出して、ゆっくりと口を開く。

緊張からか、口の中がいつもの何倍もねばつくような気がしていた。

「一つ、お願いがございます」

「……申してみよ」

まさか本来の流れと違う言葉を言われると思っていなかったからか、ヴェント二世の眉がぴくりと動く。

けれどその変化には気付かないふりをして、僕は用意していた答えをつっかえないように口にする。

「自分は自由を愛する冒険者で、今後王国に留まり続けるかもわかりません。なので対価は爵位や勲章ではなく、金銭で支払っていただけると助かります」

「ブルーノ殿、国王に対してそのような言い方は……」

「構わん。――わかった、そのように取り計らおう」

国王様は苦言を呈そうとした家臣の言葉を手で制すると、立ち上がった。

数段高い位置からこちらをジッと見下ろしながら、品定めをするような視線を向けてくる。

僕は内心では少しビビりながらも、毅然とした態度を崩さずに頭を下げた。

「ありがとう、ございます……」

「みみっ……」

アイビーも僕とタイミングを揃えて、一緒にぺこっと頭を下げる。

そのまま退出を許され、無事に僕らの謁見は終わることになった。

少しだけピリッとする場面こそあったものの、そこまで大きな問題はなく無事に終えることができた。

突然王様と会うことになって少し焦ったけど、一応及第点くらいは取れた……のかな?

王様との謁見が終わると、空には紅が差してきていて、青く澄んでいた空は徐々に深みを増していた。

夕暮れになってからアイビーの道案内に従って王都を歩いていくと、目的地が見えてくる。

今日僕らが泊まらせてもらう、エンドルド辺境伯のお屋敷だ。

辺境伯は王様との仲は悪いとはいえ、それでも彼だって一応は王国貴族。

当然ながら貴族として王都に来ることも少なくはないため、この王都に屋敷を構えている。

「もっとも、俺が直接行くことはほとんどないんだけどな！」

とは本人の談である。

本当なら王都で宿を借りるつもりだったんだけど、よくわからん土地で寝苦しいベッドで眠るより、アクープの屋敷と同じベッドを使っている屋敷で寝た方がお前達も気楽だろうという辺境伯のご厚意に甘え、僕らはありがたく屋敷の一室を貸してもらった。

それにこうして屋敷の中にいれば、もしもの時にカーチャの身を守ることもできるしね。

「おぉ、ブルーノにアイビー。もう終わったのか？」

屋敷に入ろうとすると、僕らと入れ替わるように出ていこうとしている集団が。

そこにいたのは護衛の騎士達に囲まれ、馬車に乗り込もうとしているカーチャだった。

馬車はアクープでも見たことがないくらいファンシーなデザインをしている。

中身をくりぬかれたかぼちゃのようになっていて、窓越しに見ると中に高級そうな革のソファーが見えた。

辺境伯の溺愛っぷりは、まったく今日も絶好調らしい。

「カーチャ、どこかに出かけるの？」

「うむ。王都に来たからには、情報収集がてらパーティーをいくつか回らないといけないのじゃ。正直面倒じゃが、やらないわけにもいかんでな」

「もしよければ、僕達も行こうか？」

「その気持ちは嬉しいんじゃがな、貴族のパーティーにブルーノ達を連れて行くわけにはいかん。アイビーはいいとして、ブルーノがどんな罠にひっかかるかわかったものじゃないからの」

なんともひどい言われようだ。

どうやらカーチャは僕のことを全然信じてくれてないみたいである。

でもたしかに、何も貴族界隈の常識を知らない僕がパーティーに行ったら、よくわからないうちに手痛いミスをしてしまうかもしれない。

……うん、前言撤回。

やっぱりカーチャの言う通り、僕は遠慮した方が良さそうだ。

「あまり夜更かしはせずに帰ってくるんじゃぞ」

カーチャはそう言うと、馬車のドアノブに手をかける。

「大丈夫だよ、子供じゃあるまいし」

「ブルーノは大きな子供みたいなところがあるからの」

「みぃみぃ……」

その通り、という感じで頷くアイビー。

味方だと思っていた身内は、どうやら今回は敵側に寝返っていたようだ。

うーん、僕ってそんなに子供っぽいんだろうか。

自分であんまり自覚はないんだけど……。

「しかし、父上の無茶ぶりにも困ったものじゃ……。言われたことを全部こなすには、王都滞在がどこまで長引くことやら……」

カーチャがはぁ、とため息を大きく吐く。

領主の名代としてもやってきているカーチャがしなくてはいけないのはパーティーへの出席だけではない。

有力貴族の人達への挨拶回りであったり、現状で抱えている貴族間の問題解決や折衷案の提示等々、言いつけられている仕事はなかなかに多いようだ。

「まあこうなる理由も、わかってはいるんじゃがな……」

エンドルド辺境伯は王国貴族でありながら、以前から王様との仲が悪い。

辺境伯は辺境という常に大量の魔物被害が発生している地帯を、徹底した実力主義でなんとか治めている。

だが魔物の襲撃に対応できるよう防御体制を整えるにも、魔物の被害を受けた街を復興させるのにも、とにかくお金が必要だ。

故にエンドルド辺境伯は税金の支払いを許されるギリギリまで絞ったり、食糧問題解決と特産品生産の一挙両得を狙って魔物の養殖を無許可で始めたり……といった具合に、お上の反感を食らおうが気にせずに領地を経営している。

けれどいくらいつだって不敵な辺境伯とはいえ、全方位に噛みつき続けるわけにはいかない。

王様と度々喧嘩をしている以上、他の大貴族達にそっぽを向かれてしまうのはマズいのだ。

辺境伯領が立ちゆかなくなるのを防ぐためには、どうやら色々と苦労も絶えないらしい。

「でも別に王都を出るのが延びたって大丈夫だよね、アイビー」

「みぃっ！」

王都に来るのは、実は初めてだ。

王都イリスは、僕が今まで見てきたどんな街と比べても大きい。

しかも大きいだけじゃない。

どこか雑多な印象があるアクープと比べるとこの街はかなり洗練されている感じがするのだ。

いくつも通りがあって、活気に賑わっている街並み。

見るべきところは沢山あるだろうから、観光スポットを探すのには苦労しないだろうと思う。

それに見るものがなくなったらなくなったで、アイビーと一緒に家の中でゴロゴロしてればいいしね。

「うむ、そうかそうか……って、こんな話をしている場合ではないのじゃ！　それではまたの、二人とも！」

それだけ言うと、カーチャは慌ただしく出発していってしまった。

相変わらずの元気っぷりだ。

「とりあえず王都でも見て回ろうか？」

「みっ！」

アイビーはそれもいいけど……という感じで、ピッと手を伸ばした。

手の先には、屋敷から少し離れたところにある厩舎がある。

《またあっしだけこんな狭いところで……暇でやんす！》

耳を澄ませてみると、そこから誰かさんの声が聞こえてくる。

今回もサンシタは厩舎でお留守番で、フラストレーションが溜まっているらしい。

……完全に忘れてた。

それなら機嫌を直すために、まずはサンシタと一緒に遊ぼっか。

「みいっ！」

僕はアイビーと一緒に、暇を持て余しているサンシタのところへ向かうのだった――。

《はぁ、あっしも外に行きたいでやんすねぇ……》

とりあえずサンシタのご機嫌取りをする僕達だったが、サンシタは相変わらず少し悲しそうだった。

セリエに行った時もそうだったが、どうやらサンシタは僕らがどこかに行く時はできる限りついてきたいみたいだ。

ある程度魔物に慣れ親しんでいるアクープの街では、サンシタが外に出ようが何も言われることはない。

けれど魔物なんて見たことないという人も多い王都でサンシタが街に出れば、間違いなくパニックが起こってしまうだろう。

……あれ、でもちょっと待って。

考えてみると王都にやってきた時って、そんなに皆には驚かれてなかったような……？

「アイビー、サンシタを連れていっても大丈夫だと思う」

「みみぃ」

多分、みたいなイントネーションで言ってくるアイビー。

彼女の方も確信はないみたいだ。

「まあダメだったらすぐ一緒に戻ってくればいいしね。よし、それなら一緒に行こっか、サンシタ」
《やったでやんす！》
というわけで僕達はサンシタと一緒に、大通りへと向かうのだった――。

王都の通りは、とにかく広い。

基本的に大通りは馬車が左右に分かれて二台通れるくらいの幅はある感じになっている。

そのためサンシタがいても、特に問題はなさそうだ。

「うーん……問題なさそうかな？」

そして意外なことに、サンシタを連れて来ても僕が想定していたようなパニックは起きなかった。

皆サンシタのことを見てビクッとしたりはしているけれど、そのまま何事もなかったかのように視線を逸らされて、それでおしまい。

不思議なことだけど、どうやらそこまで怖がられてはいないようだ。

でも……ちらちらと視線は感じる。

レイさんと一緒に特訓をしているうちに、僕だって強くなっている。

今では魔力を使って身体能力を強化するのもお手の物だ。

というわけで少しマナーは悪いけれど、魔力を使って、僕らの方を見ている人達に聞き耳を立てることにする。

『あれがグリフォンライダー……』

『なんだかかわいらしい見た目をしてるわね……』

『だまされちゃダメよ、あんなナリして魔物を皆殺しにできちゃうくらい強いんだから……』

なるほど、サンシタがあまり怖がられていない理由がわかった。

どうやら僕達の存在は既に、王都にいる人達に周知されているみたいだ。

エンドルド辺境伯は前に、グリフォンライダーは何十年だか何百年だか誕生していない英雄だと言っていた。

恐らく僕らがガラリアを始めとする港町を助けた話が、尾ひれがついて広まっているらしい。

まあでもこれは、アクープでも通ってきた道だ。

注目を浴びるのには慣れてるから、あまり気にせず王都観光を楽しむことにしよう。

「ペットＯＫのカフェでも探そうか」

「みっ！」

《そうするでやんす！》

既に完全に日は暮れてしまっているので、今日は軽くブラついてから早めに辺境伯の屋敷に戻ることにしよう。

あまり土地勘のない場所をうろついてても碌なことにならないし、それにせっかくならしっかりと時間をかけて王都観光もしたいしね。

この時間は皆が仕事を終える時間。

そのためお昼頃のピークタイムと比べると人の数はまばらになっているはずなんだけど……それでもすごい人の量だ。

馬車なんかまともに通れないくらいにたくさんの人でごった返している。

けれど僕らはするすると思ったところに進むことができる。

何せ一歩前に出るたびにざっと人の波が割れて、スペースが空いていくのだ。

怖がられているのは間違いないのでちょっと複雑な気持ちだけど、こんな時でもスムーズに進めるのは非常にありがたい。

なのであまり気にせず、お店の物色を始めることにした。

通りを歩いていると、左右の至る所に店が開かれている。

細長い麺のようなマークの看板が置かれた食事処には、夕飯時だからか大量の人が並んでいる。

中からは威勢の良い声が聞こえてきていて、活気がすごい。

ファンシーな柄の服が外からも見える服屋さんの入り口には、露出度の高い綺麗なお姉さんが立っている。

そしてその向かいには同じような店が立ち並んでおり、そこにはかわいらしい童顔の女性の姿がある。

向かい合わせに服屋が立っている光景は、少なくともアクープでは見たことがない。

あれってお客さんを食い合って、共倒れにならないんだろうか……？

王都にたくさんの人がいるからこそ、ああいうこともできるんだろうな。

通りには宝飾店もあったが、当然ながら警備は厳重そうだった。

表に商品は並んでおらず、屈強そうな黒服の男の人達が入り口を固めている。

ジッと見ていると、向こうがこちらの視線に気付いた。

顔色を変えたので思わず身構えそうになっていると、声をかけられる。

「もしかして、グリフォンライダーのブルーノさんですかっ!?」

「ええ、多分そうだと思います……？」

「俺、ファンなんです！　握手してください！」

「――ええっ!?」

目をつけられたのかと思ったら、まさかの僕のファンだった。

手を前に出されたので、僕の方もスッと右手を出す。

握手を交わすと、剣を握っている人特有の手のひらの硬い感触が感じられた。

避けられてばかりかと思っていたけれど、どうやら僕らのことを怖がる以外の感情を持って見てくれる人も案外いるみたいだ。

少しだけ気分を軽くしながら、僕らは物色を続けるのだった――。


喫茶店に入れるかなとドキドキで交渉をしてみると、案ずるより産むが易しというか、一軒目で問題なく飲食の許可が出た。

僕らが決めたのは、カフェテラスのある少しおしゃれな喫茶店だ。

生えている木々がわずかに視界を遮ってくれるテラスの内側で、僕らは空いた小腹を満たすことにした。

「ふぅ～、なんだか今日一日で、ドッと疲れたような気がするよ……」

やってきたパフェを食べると、思わず顔がほころんでしまう。

強烈な甘さが、その衝撃で身体に溜まった毒素を抜いてくれるようだった。

「みぃみぃ」

僕の向かいの席でふよふよと浮かびながら、アイビーは頼んだパンケーキを魔法で器用に切り分けている。

基本的にはどんなものでも好き嫌いなく食べる彼女は、今日はたっぷりのチョコレートソースをかけたパンケーキの上にアイスまで載せて、完全にやりたい放題やっているようだった。

《美味いでやんす！》

ちなみにサンシタの方はというと、彼はテーブルの脇のスペースで出された鳥の丸焼きに一心不乱にかじりついていた。

彼は質より量というか、基本的にあまり味付けなどにはこだわらない。

けれど血の味はした方がいいらしいため、レア……というかほとんど生の肉を骨ごとかみ砕きながら、ワイルドに口を汚している。

その真っ赤な口元を見たら、有閑なマダムなんか腰を抜かしちゃうんじゃないだろうか。

「ひ、ひいいいいいっっ!!」

と思っていたら、店の外の方から声が聞こえてくる。

ほら、やっぱり僕の思った通り……。

「あれはまさか……グリフォンのサンシタッ!?」

と思っていたら気付けばテラス席の周りに、徐々に人が集まりだしていた。

見物の人達が僕らをぐるりと半円で囲うような形になり、なぜか店の中に大量の客が流れ込んできてしまう。

その様子を見て、店主のおじさんがこちらにグッとサムズアップをしてくる。

な、なるほど、僕らを使って集客できそうだからオッケーを出してくれたんですね……。

すんなりと入店ができた裏事情を理解し、少しだけ複雑な気分になりながらおやつを食べ終える。

お冷やのおかわりをもらって飲んでいると、周囲からちらちらと視線を感じてしまってどうにも落ち着かない。

アイビーは視線なんてまったく気にしてない様子だったし、サンシタはおかわりをほしそうにしていたけれど、僕の方はなんとなく居心地が悪く感じてしまったため、店を出させてもらうことにした。

少し申し訳なさそうにする店主さんにお代は要らないと言われたけれど、そこはしっかりしておこうときっちりと支払いを終え屋敷に戻る。

するとまた遠巻きの視線と割れていく人波。

僕は少しだけ、どんよりとした気分になってしまう。

王都での視線は、アクープで僕らに向けられるのとは、また少し毛色の違った感情が込められているように思う。

僕らのことを悪く思っているわけではなさそうなんだけど……やっぱり小市民な僕からすると、誰かから視線を向けられているというだけでどうにも落ち着かない。

いきなり王様に呼び出されたこともあり、どうにも王都に苦手意識がついてしまったかもしれない。

やっぱりアクープが一番落ち着く気がするよ。

向こうだとアイビーもサンシタも既にマスコットキャラクターみたいな感じになっているし、レイさんやマリアさんにアイシクルなんかもいるから、こんなに一気に好奇の目を向けられたりすることもないし。

屋敷に戻ると、カーチャはまだ帰ってきていなかった。

どうやらやらなければいけないことが沢山あるという言葉に嘘偽りはないらしく、帰ってくるまでまだ時間がかかるようだ。

「あんなに沢山の人目に触れながらだと、落ち着いて王都観光もできないよ」

「みぃ」

王都観光自体はしたいのだけど、やっぱりサンシタがいるととにかく目立つ。

でもサンシタをずっと厩舎の中に置いておくというのもかわいそうだ。

セリエの時も、ずいぶんと寂しそうだったしね。

どうにかしてサンシタを連れて行く方法がないものだろうか。

「アイビーの魔法でなんとかできたりする？」

「――みぃっ！」

少しだけ頭を悩ませるように目をつぶってから、アイビーは『任せてっ！』という感じで頷いた。

僕は彼女を信じ、その日は眠って明日に備えることにするのだった――。

特に何をするでもなく早くから眠ったため、次の日はかなり朝早くから起きることができた。

窓を開けて耳を澄ませてみると、外からは既に仕事始めをしているらしい店からの元気の良い声が聞こえてくる。

活気がある呼び込みの声は、どうやら市場の方から聞こえてきているようだ。

まだちょっぴり寝ぼけ眼のアイビーと一緒に、屋敷の中を散策する。

一応カーチャの様子を確認してみると、彼女はすぅすぅと綺麗な寝息を立てていた。

お疲れの様子らしく、かなりぐっすりと眠っている。

朝ご飯は一緒に取ることになっているけれど、特に時間を決めていたわけじゃない。

このままだとまだ時間がかかりそうなので、とりあえず軽く散歩をすることにした。

「みっ！」

歩いているうちに眠気が取れたのか、自信満々に胸を張っている彼女と一緒に、サンシタがいる厩舎へと向かう。

「ひひぃん……」

「ぶるるっ」

いつものことながら、厩舎の中にいる馬達はビビって全身をこわばらせていた。

どうやら寝不足のようで、声に元気がない。

動物というのは、なかなかどうして序列に敏感なものらしい。

《zzz……あっ、ブルーノの兄貴にアイビーの姉御！　おつとめご苦労様です！》

馬達のことはまったく気にせず爆睡していたサンシタは、気配を察知したのか僕らが近付いていくとすぐに目を覚ました。

ていうかおとつめって……僕ら、王都に来てから仕事らしい仕事なんかしてないんだけどな。

「で、アイビー。サンシタをどうするつもりなの？」

「みっ……みみっ！」

アイビーの目の前に魔法陣が浮かび上がり――そして紫色の光に包まれた！

そして一瞬のうちに彼女の姿が消え、影も形もなくなってしまう。

「えっ、アイビー？　どこに行ったの!?」

「……ぃ……」

周囲を見回すが、当然ながらアイビーはどこにもいない。

まさか今の一瞬で、どこかに消えてしまったというのだろうか。

これは転移魔法!?

まさかそんなものまで使えるように――。

「……みぃ……」

と思っていると、どこかからアイビーの声が聞こえてくる……ような気がする。

耳を澄ませないと周囲の雑音にかき消されてしまうくらいに小さな小さな声だけど。

「みぃ〜〜」

「あ、アイビー！　――って、めちゃくちゃ小さいっ!?」

たしかにアイビーは自分のサイズを自在に変えることができる。

けれど今のアイビーは、僕が今まで見たことがあるどんな彼女よりも小さかった。

その大きさは、なんと僕の手の小指の爪よりも小さい。

そこにいると言われて凝視しなければわからないほどのミニマムサイズだ。

地面を歩いていたら間違ってプチッと潰してしまいそうなくらいの小ささだ。

まあ彼女のことだから、もしそうなっても傷一つつかないんだろうけど。

「みぃ〜〜」

そして小さいままの状態でふよふよと浮かんだアイビーの前に、そのままもう一度先ほどと同じ魔法陣が生まれる。

《あ、あっしも……光に包まれるでやんすううううぅぅっ!!》

そして今度はサンシタが、先ほどアイビーを包み込んだ紫色の光に包み込まれていった。

どうなったかなんとなく予想がついた僕は、また必死になって目を凝らす。

すると……いた。

僕の視線の先には、放心状態で地面にぺたんとお腹をくっつけているサンシタの姿があった。

《あ、あっしの身体が縮んじまいやした……（しくしく）》

手乗りサイズのサンシタを見るのは初めてだ。

これはサイズを自在に変えられる収縮を他の生き物にも使えるようになった……ってことなのかな？

聞いてみると、首を左右に振られる。

流石にそこまで万能の力じゃないみたいだ。

まあたしかにそれだと、相手を小さくしてから踏み潰してどんな戦闘でも楽勝になっちゃうもんね。

どうやらこの力は、僕やサンシタみたいにアイビーとつながっている生き物のサイズを変えられるというものみたい。

驚くべきことに、僕も小さくなれるみたいだ。

ちょっと試してみたい気持ちもあるけれど、今はそれほど時間もないのでまた後にすることにしよう。

ポシェットを開くと、ふよふよと浮かぶアイビーと翼を動かして飛ぶサンシタがするりと中に入ってくる。

サイズはすっぽりと二匹が中に入れるくらい。

ちょっとぴったりしすぎていて密着しており、アイビーは少し眉をひそめている。

ポシェットから器用に頭だけを出す二匹は、まるで人形か何かのようだ。

これなら僕がマスコットをつけてるようにしか見えないだろう。

「よし、行こっか！」


変装用に昨日購入したサングラスを着用してから髪色を隠すための帽子を頭に乗せ、再び王都の通りへと繰り出す。

すると変装作戦が功を奏し、僕らは周囲の目を気にすることなく王都観光ができるようになるのであった——。

「ふぅ……」

朝からやっているお店を探し、席ごとにカーテンで仕切られている半個室のレストランを選ぶことにした。

この後に控えている朝ご飯のことを考えて注文は控えめにして、一つのものを頼んで三人で分けていく。

「落ち着くなぁ……」

辺境伯のお屋敷は一部屋がかなり広く、使われている寝具のどれもこれもが一級品だった。

ベッドは押した指の跡ができるくらいに柔らかくて、布団もふわふわすぎて乗っている気がしない羽毛布団。枕は頭が地面に吸い込まれていきそうなくらいの低反発で、サイドランプはなんと明るさ調節までできる。

けれど、元がただの農民の生まれだからなのだろうか。

良いものを使いすぎているせいで逆にどうにも寝付けず、眠りは浅かった。

アクープに戻ったらあの慣れ親しんだ馴染みのベッドで、またゆっくり眠れたらなと思う。

ようやっと人目を気にすることもなく過ごせる、周囲から隔離された自分だけの時間。

きっとどんな人にも、こういう誰の目も気にせずいられる時間は必要だと思う。

ほうっと一息吐きながら、温かい紅茶で唇を湿らせる。

目の前にある白いカーテンの仕切りが、僕をグリフォンライダーからただの少年に変えてくれるのが本当にありがたかった。

ゆっくりとしていると、ここ最近の怒濤のようなイベントの数々が頭の中で流れては消えていく。

「魔王十指、か……」

突如として現れた、魔王十指を名乗る魔王軍幹部達による人間界への侵攻。

左第一指であるガヴァリウスを殺してしまったあの少年のような見た目をした魔物。

名前はたしか……クワトロとか言ったっけ。

彼から感じる圧力は、尋常なものではなかった。

もう長いこと変わっていないという魔王の右手達。

あんなのがあと四体もいると考えると……今から憂鬱になってくる。

アイシクルから聞いたことによると、左手指とは違い右手指の魔物達はほとんど人間界に興味がないのだという。

今回の魔王軍の侵攻にも、彼らはほとんどかかわっていないだろうと言っていた。

だがだとしたら、なにゆえわざわざあの場にやってきたんだろうか。

「そもそも勇者と魔王って、なんなんだろう」

以前僕はレイさんに、自分は勇者なのだと告白をされたことがある。

勇者の伝承はいくつもある。

その誰もが大きな功績を残し、人間達の救世主としてその名を後生まで語り継がれている。

その功績の中には、魔王を討伐したというものも多い。

勇者の対となる存在が、魔王だ。

勇者が人間の旗頭だとしたら、魔王というのは魔物の王だ。

彼らは魔物達を率いて人間界に侵攻し、人間を滅ぼそうとしている存在なのだという。

でもその話も、どこまで本当のことなのかわからない。

本当に僕達を滅ぼすつもりなら本人が出てこないのも、魔王の側近中の側近であるはずの魔王の右手指達を侵攻に駆り出さないというのもおかしいしね。

僕らは恐らく、今後魔王十指と戦うことは避けられないだろう。

であれば僕はもっと、魔王や魔物というものに関して詳しくならなくちゃいけないだろう。

（そういえば今あの人は……王都にいるんだっけ）

僕らはまだしばらく王都にいるつもりなので、あの人――ゼニファーさんに一度詳しい話を聞いてみるのが良いかもしれない。

あの人より魔物に詳しい人を、僕は知らないからね。

というわけで僕が試しにアポイントメントを取ろうとすると、本来なら激務で時間がないはずのゼニファーさんと会うことになった。

なんやかんやですれ違いになっちゃうことも多かったので、会うのもなんだか久しぶりな気がする。

少しだけ楽しみに思いながら、僕は久しぶりに好奇心旺盛な魔物学者さんと会うのを楽しみにするのだった――。

第二章

魔王十指

ゼニファーさんに指定されたのはお店でも辺境伯のお屋敷でもなく、彼が王都に持っているというお屋敷だった。

お店だと人目も気になるしあまり突っ込んだ話なんかもできないから、正直なところありがたい。

「ここがゼニファーさんのお家かぁ……」

「みぃ……」

ちなみに今日はサンシタはいない。

アイビーの魔法で小さくなることで目立たなくはなったんだけど、あの小さい姿のままでいるのはサンシタ的にはなんだか落ち着かないらしい。

なので彼が自分から外に出たいと言ってきた時にだけ、ポシェットに入れて一緒に行動するようにしているのだ。

「こんにちは～」

ドアノッカーがあったので、とりあえず一回、二回と鳴らしてみる。

誰かがやってくるのを待ちながら、少し後ろに下がって屋敷の様子を確認していく。

そこまで大きくはないけれど、しっかりと手入れの行き届いている屋敷だ。

モダンな白黒調で、豪奢というよりシックでおしゃれな感じがする。

ガチャリとドアが開き、向こうから人影が現れる。

驚いたことに、やってきたのはメイドさんではなくゼニファーさん本人だった。

「ブルーノ君、それとアイビー！　久しぶりですね、なんだか大きくなりましたか？」

ゼニファーさんは前に会った時と変わらず元気そうで、少しだけホッとする。

王都に来てからは忙しく馬車馬のように働いていたと聞いていたけれど、どうやらそこまで切羽詰まった状況ではなさそうで一安心だ。

でも……大きくなったかな？

たしかにまだ成長期ではあるかもしれないけど……毎日身長を測ってるわけじゃないから、自分ではなかなかわからない。

「いえ、そんなことはないと思いますけど……アイビーの方はどう？」

「みいっ！」

『私はいつでも成長期！』という感じでアイビーが胸を張る。

それを見て僕とゼニファーさんの顔が一緒にほころんだ。

「さてさて、立ち話もなんですからこちらに入ってください」

案内されて中に入っていく。

挨拶をしたのはメイドさんが一人と執事さんが一人。

「基本的に生活はミニマルが好きなので屋敷自体も小さめで、使用人も最低限にしているんです。使用人や土地に払うお金があったら、実地調査のために使いたいですからね」

「なるほど……なんとなく気持ちはわかります」

「おおっ、わかってくれますか！」

僕らが普段住んでいるアクープの街の外れの家もそこまで広くはない。

本当なら他にももっと大きなお屋敷なんかも候補に挙がってたんだけど、僕らは結局小さいけれどこぎれいな家を選んだ。

家が広すぎても掃除をするのが大変になるだけだし。

他の大人の皆さんのように人を雇ったりすることにも慣れていないから、自分達以外の人が家に居るとストレスを感じちゃいそうだったからね。

案内されたのは応接室らしき場所で、ゼニファーさんが手ずから紅茶を淹《い》れてくれる。

飲んでみると、砂糖よりも強烈な甘さに思わず目が白黒してしまう。

甘いものに目がないアイビーが、わかりやすく口角を上げた。

「砂糖の代わりに、アイシクルさんと一緒に開発した蜂蜜を入れているんですよ」

「なるほど、だからこんなに甘みが強いんですね」

アイシクルがゼニファーさんや辺境伯と一緒に開発している魔糖蜜が最近生産ラインに乗ったという話は、僕の耳にも入っている。

魔物が作ったものだからということで王都を始めとする都会暮らしの人達には受けが悪いという話だったけれど……どうやらここ最近は風向きが少し変わりつつあるらしい。

「あまりえり好みをしているだけの余裕がなくなってきただけ、とも取れますけどね」

あの魔王十指魔物達の侵攻だけではなく、魔物による異変は各地で起きている。

専門家であるゼニファーさんが言うことには、被害が起きているのはイリアス王国だけではないという。

思い出すのは、セリエ宗導国であったあの黒の軍勢の騒ぎだ。

あそこまで大規模なものではないとはいえ、魔物が起こす事件の件数は世界各地で右肩上がりに増えているのだという。

「以前と比べると魔物はより凶悪化し、より強力なものになっている。それに加えてここ数年は凶作も続いていますからね。各地からの物資が集まる王都にいてはわかりづらいですが、王国の食糧事情は年々厳しいものになっているんですよ」

「そうなんですか？　アクープにいる間もそんなに感じなかったですけどね」

「辺境伯領には、以前起こった飢饉を二度と起こさぬよう発展させてきた、魔物を家畜化させる技術があります。彼の手腕のたまものということですよ」

そう言って笑いながら外を見つめるゼニファーさん。

たしかゼニファーさんは、辺境伯とは昔からの仲だったはずだ。

多分だけど、魔物を家畜化させるために二人三脚で頑張ってきたんだと思う。

当時のことを思っているのか遠い目をしているゼニファーさんは、昔を懐かしんでいるように儚げで、そして少しだけ悲しそうな微笑を浮かべていた。

辺境伯が一から色々と頑張ってきた当時の記憶を、たどっているのかもしれない。

「風向きが変わっているというのはですね、昨今都会からは未開だと見下された来た辺境に目が向くようになってきたことで、忌避されてきた魔物食が注目を浴びているんですよ」

「アクープでは普通のことですもんね」

都会の人は魔物を食べることがほとんどないらしいけれど、僕らからするともったいないなぁと感じる。

魔物食……というか魔物を使った食材は癖はあるけれど美味しいものが多い。

たとえば辺境伯が家畜化させて食肉になっているケイブボアーの肉は少し臭みはあるけれど豚肉よりも脂が乗っていて、香草やニンニクなんかで味付けをするとパンチが効いていてなかなか美味しい。

キラービーを使って採取する魔糖蜜は砂糖よりも強烈な甘みがあり、その甘さはスイーツそのものを壊してしまいかねないほどに暴力的だった。

なのでほんの少し入れるだけでも十分なので砂糖と比べるとかなり安価な甘味料として使うことができる。

最近では品種改良を進めたり、キラービー以外の蜂型魔物からも魔糖蜜を取るようになったことで、優しい甘さのものも徐々に増えてきている。

「ちなみに辺境にスポットライトが当たるようになったのには、ブルーノ君達の影響も大きいんですよ」

「僕らの影響……ですか？」

「みみぃっ？」

アイビーと一緒になって首を傾げると、それがおかしかったのかゼニファーさんが噴き出しながら説明してくれた。

「ええ、もちろんそれが全部とは言いませんが」

景気が悪い話が続く中で、降って湧いてきたようなプラスのニュースが、グリフォンライダーである僕による魔物達の殲滅だったのだという。

次にいつ生まれるかもわからない好材料を見逃す手はないということで、王様自らが僕らのことを猛烈にプッシュしたらしい。

そのおかげで救世者の名前は王都にあまねく広がっているのだという。

なるほど、いつにもまして視線を感じると思ったら……あの王様が色々とやったせいだったんだね。

たしかに皆に明るい顔をさせるためには必要なことなのかもしれないけど……やられるこっちの身にもなってほしいよ、はぁ。

王様のことを親の仇のように憎んでいる辺境伯の気持ちが、少しだけわかる気がした。

「しかしブルーノ君は、やはり少し大人びましたね」

「そうですかね？」

「ええ、良い意味で甘さが抜けてきたといいますか……」

ゼニファーさんにそう言われるけれど、イマイチピンと来ない。

さっきも言ってたよね、そんなこと。

いちいち自分で鏡を見たりすることもないからなぁ。

「どう、成長したと思う？」

「みみぃみっ」

僕がまだまだ半人前だからか、アイビーは前足でちょっとだけというジェスチャーをしてくる。

相変わらず、彼女の採点は厳しい。

って、そうだ！

和んでる場合じゃないんだった。

ゼニファーさんに会いに来た目的を果たさなくちゃ。

「ゼニファーさん、もしよければ色々と話を聞かせてくれるとありがたいんですけど」

「ええ、私でよければいくらでもお話ししますよ」

以前とは違いアイビーの甲羅とかを対価に求められなかったので、内心ホッとする。

聞く内容は事前に決めてあるので、質問を口にするまでに言いよどむことはなかった。

最初に聞くのは、当然ながら僕が一番気になっていることだ。

「そもそもの話、魔王って……一体なんなんですか？」

「魔王ですか……たしかに気になるのも当然ですね。何せブルーノさんは何度も魔王十指と戦っているという話ですし、個体によってはテイムまでしていますから」

ゼニファーさんがかちゃりと眼鏡を上げる。

先ほどまでの柔和だった印象ががらりと変わり、真理を探究する学者の理知的な瞳がこちらを覗いてくる。

「はい。でも自分で調べたり、アイシクルの話を聞いたりしてもなかなか要領を得ないんですよね。なんだか捉えどころがないというか……」

魔物を統べる魔王。

人類が対する絶対悪ということで魔王の話を集めることはそこまで難しくはない。

伝承であったり本であったり、魔王のことを後世に伝えるものはいくらでもあるからだ。

でもそれらを総合すると、何がなんだかよくわからなくなってしまう。

たとえば魔王は大男だという記述があれば、魔王が傾国の美女だというものもあり、魔王は真っ黒なスライムだと主張する本もある。

一体何が正しいのかと思い、最も事情に精通しているであろうアイシクルに聞いてみても、答えは出なかったのだ。

なんと驚くべきことに、魔王の幹部であるはずの彼女ですら、魔王のことはほとんど知らないのだという。

　カーテン越しに話をしたことが数度ある程度で、その正体もよくわかっていないらしい。

　そんな人の下についているというのはなんだか不思議だけど、魔王には魔物を従えさせるだけの何かがあるらしい。

　なので逆らう気も起きなければ、絶対に従わなければという使命感に突き動かされるみたい。

「恐らくそれは歴代魔王の記録が交ざり合っているのが原因でしょう。魔王は六回ほど代替わりをしていますからね。現在魔王島で暮らしているのは、七代目の魔王ということになります」

「そんなに変わってるんですか!?」

　ゼニファーさんは以前、各地の魔王に関する伝承をまとめているうちに、違和感に気付いたそうだ。

　そして魔王が勇者と同じく代替わりしていることを理解したらしい。

　それだけ沢山の魔王がいたのなら、なるほど人物像がつかめなかったことにも納得がいく。

「それがあまり有名になっていないのには、何か理由があるんでしょうか？」

「ぶっちゃけた話をしてしまえば、為政者からすれば都合が悪いからでしょう。災害のように強力な化け物が倒しても倒しても定期的に出てくるとわかれば、民衆がどんな行動に出るかは想像もつきませんから」

　たしかにそうかもしれない。

現実は物語のように勇者が魔王を倒して大団円というわけにはいかない。

勇者が魔王を倒して世界が平和に包まれたとしても、その先も世界は続くのだ。

だからといって倒さないわけにもいかない。

なぜなら魔王を倒さなければそれだけ魔物は強力になっていき、人間達が受ける被害はバカにならないものになっていってしまうからだ。

レイさんは魔王を倒すために王国中の凄い人達から教えを請うていた。

けれど彼女は隣国であるセリエや帝国から力を借りてはいなかった。

魔王を倒すために力を合わせなくてはいけないとはいえ、人間の国はこういう時でもなかなか足並みが揃わない。

そういう意味では、魔王の下で完全に統率されている魔物達に後れを取っているということになる。

「魔王が居ることはわかっているわけじゃないですか、そして居る場所もわかっている。それなら倒しに行こう、とはならないんですか？」

「もちろん討伐すべしという声は日増しに強くなっています。魔王の存在が魔王十指によって公になったことで、各国も動かざるを得なくなっていますしね。私が王都に留まらざるを得ない理由の一つに、魔王や魔物のスペシャリストとして色々と期待をかけられているというのもありますので。いくら私でも、なんでも知っているわけではないんですがね……」

ゼニファーさんが紅茶を口に含む。

甘みが足りなかったのか、蜂蜜を更に追加して喉の奥へと流し込んだ。

十分な糖分が頭に行き渡ったからか、先ほどまでより元気そうな顔をしている。

「実はですね、ブルーノ君。魔王討伐云々よりも、まず魔王島に行くこと自体が難しいのですよ。強力な水棲の魔物を相手にするのは、あまりにも分が悪い。おまけに岩礁のせいで船でまともに乗り付けることも難しいときている」

たしかに、魔王島の話は僕も聞いたことがある。

魔王島に行くまでも難しく、そしてその先にあるという魔王城は難攻不落の城として劇や童話の題材として扱われることになるくらいに有名だ。

向かうことすらできないのであれば、討伐以前の問題だ。

そもそも魔王の下までたどり着くことも、今のままでは難しいと言うことらしい。

問題点はそれだけではありません、とゼニファーさんは続ける。

「現状では勇者の旗印の下で足並みを揃えるというのも難しい。大きな被害を被ったのは王国だけであり、隣国である帝国はまだまだ現状の認識が甘いです。あちらでは目に見えるほどの実害がなかったので、事態を軽視しているきらいがある」

魔王十指が魔物を使って暴れたことが公になったことで、王国はとうとう勇者であるレイさんの存在を露わにせざるを得なくなった（ちなみに僕ら救世者が周囲からの視線を浴びているのは、レイさんが所属しているからという理由も大きかったりする）。

それで勇者の下に全ての勢力が一つにまとまって魔王を倒すために力を合わせる……とはいかない。

王国が魔物被害で弱体化するなら静観もありだろうと考える国も多く、少なくとも魔物のせいで人間同士でいがみ合いがなくなったりもしなさそうだ。

僕が言うのもなんだけど、人間は業の深い生き物だと思う。

「それにレイさんは歴代勇者と比べると……あまりにも弱すぎる。たとえ魔王島の最奥にある魔王城へたどり着けたところで、彼女が魔王に勝てるかというと、正直なところ厳しいと言わざるを得ないでしょう」

現在のレイさんの強さは、サンシタ以上僕未満といった感じだ。

果たして魔王がどこまで強いのかはわからないけれど、少なくともアイビーと戦ってまったく手も足も出ていない現状では、たしかに魔王討伐は難しいのだろう。

「今回の魔王が、あまり好戦的でない人物で助かりましたよ」

「好戦的ではない、ですか？　僕にはとてもそんな風には思えないんですけど……」

「たしかにブルーノ君からすれば、そうかもしれませんね。ですがかつての魔王の中には、それこそレベルの違う悪辣な者もいたのですよ。たとえば三代目の魔王なんかはかなり有名でして……基本的に残虐な魔王の話は、ほとんどが彼の行いからきていることが多いです。なんでも勇者を赤子の頃に殺して身の安全を確保してから大攻勢をかけ、その後百年以上もの間人類を支配下に置いて好き勝手していたという話ですから。もっとも、次代の勇者が生まれ成長したことで討伐されたらしいですがね」

そ、そんなことがあったのか……。

各地で魔物が暴れていたり、僕らが魔王十指と戦ったりしていたせいでいまいちピンとこなかったけれど、たしかにその魔王と比べるとやっていること自体はそこまで魔王っぽくはないのかもしれない。

「でもだとしたら、どうすればいいんでしょうか？　このまま何もせず指をくわえて見ているままでも問題ないんですかね……？」

「魔物の凶悪化現象は、以前より顕著になっています。これはざっくりとした試算にはなりますが……このままでは一年も経たないうちに、全ての魔物の等級が一つ上がることになるでしょう」

「魔物の等級が上がるって……それってとんでもないことじゃないですか！」

駆け出しの六等級で倒せるはずのスライムやゴブリンが、ベテランで倒せるようになる五等級になる。冒険者は末端からとんでもない影響を受けることになるだろう。

それに三等級より上の魔物達が強力になるとすれば……一体どんな影響が出るのか、まったく想像もつかない。

「ゼニファーさんはどうした方がいいと思ってますか？」

「向こうが手出ししてこないからと、手をこまねいているわけにはいかないでしょう。生態系に与える影響や、また新たに生まれる魔王十指のことを考えれば、一刻も早い討伐が望まれるのは間違いありません」

「魔王十指って……復活するんですか？」

「ええ、あまりメジャーな情報ではありませんけどね。ブルーノ君は魔王十指がどうやって誕生するか、知っていますか？」

「いえ、まったく」

魔物が強さ比べをして、上から順に指になっていくものだとばかり思っていた。

だがどうやらそうではないらしい。

僕は何体もの十指と戦ってようやく、そのルーツを知ることになった。

「魔王十指は魔王の左右の手の指の爪を魔物に飲み込ませることで誕生するのです」

「魔王の爪を飲み込ませる……ですか？」

「ええ、そこで魔王の爪の持つ力を己のものにすることができた魔物が、十指を名乗ることができるようになっているらしいです。ちなみにアイシクルさんに教えてもらいました」

右腕みたいな慣用句的なやつなのかと思っていたのだけど、魔王十指というのは実際に指の爪を飲み込んでいるからだったみたいだ。

魔王十指が普通の魔物では得られないような強さを持っているのは、魔王の力の一部を使うことができるようになるからなんだって。

ただ無限に十指を増やせるわけではないらしい。

たしかにそれをされたら、無限に魔王の力を使える魔物が生まれて僕らは太刀打ちできなくなっていたはずだ。

魔王が爪を十指に与えることができた場合、爪は生えてこなくなる。

なので同じ指の爪を他の魔物に与えることはできないのだという。

もしかするとアイシクルの空を飛んだり昆虫を操ったりする力も、魔王が持っている力の一部なのかもしれない。

「で、魔王十指の復活についての話でしたね。魔王十指が死ぬと、生えることがなかった魔王の爪が再び生えてくるようになります。つまり魔王は再び新たな十指を選ぶことができるようになるわけですね」

「なるほど……」

「ちなみに、魔王十指という存在は今までの魔王に関する口伝では伝えられてきておりません。なので恐らく己の力を分け与えることのできる力は、現在の七代目魔王だけが持つものなのでしょう」

そしてこの事前の説明をした上で、魔王とはなんなのかについての結論を述べましょう、そう言ったゼニファーさんは、口に含んでいた焼き菓子を飲み込んでから唇を湿らせる。

「魔王というのは、通常の魔物では得られない圧倒的な強さと、魔法ですら再現できないとされている特殊な能力の二つの力を併せ持つ、魔物の異常個体のことを指します」

強大な力と、特殊な能力。

この二つを併せ持つ化け物こそが――魔王。

レイさんは果たして魔王を倒すことができるのだろうか。

いや、そもそもの話をすれば――僕やアイビーは、彼女に全てを任せたままでいいのだろうか？

その後もゼニファーさんから色々なことを教えてもらうことができた。

そして知れば知るほどに、僕の頭の中にあるモヤモヤは大きくなっていくのだった。

話も終わった時には、空もみかん色に変わり始めていた。

なんだか一人になりたかったので、ご飯を一緒にというお誘いは辞退させてもらうことにした。

屋敷を後にする時、ゼニファーさんは何故か微笑を湛えていた。

こちらを馬鹿にしているという感じではなくて。

なんだか眩しいものを見るような目を向けている。

ゼニファーさんのそんな顔を見るのは、初めてのことだった。

「ブルーノ君、そしてアイビー。二人とも好きなだけ悩むといいですよ。悩んで悩んで悩み抜いて、その上で出した答えが間違っていても、それはそれでいいのです。若者にそれくらいのことをさせる余裕くらいは作ってあげなくては、大人として立つ瀬がありません」

二人で屋敷へと戻る。

今日もカーチャはどこかへお出かけするらしいので、ご飯は僕らで食べることにする。

アイビーには収縮で小さくなってもらい、サングラスと帽子をつけて変装をすれば、以前よりもするりとお店で食事を取ることができた。

個室を取ってから多めに食事を頼み、アイビーと一緒に分け合って食べる。

「みっ！」

僕は大丈夫って言ったのに、アイビーが魔法の手を使って全部取り分けてくれる。

なんだかいつにも増して世話を焼いてくれる。

食事を終えて一息吐いてから、窓越しに外の景色を見つめる。

「でも、どうしたらいいんだろうね……」

勇者と魔王の話をたくさん聞いて。

本来ならほしかったはずの問いの答えをたくさん聞くこともできて。

それでも悩みは解決することなんてなくて、むしろ深まっていくばかりだった。

魔王を倒すためには沢山の課題があって。

でもそれをレイさん一人に押しつけてしまうというのは、あまりにも無責任なことだと思う。

立場上、僕は救世者のリーダーだ。

たとえいつ解散するかもわからない臨時パーティーだったとしても、メンバーの面倒をみるのはリーダーの仕事であるはずだ。

そもそも全てをレイさんに任せて安穏としていることなんて、小心者の僕にはできそうにない。

だってそんなことをしたら彼女は間違いなく、死地に向かうことになってしまうだろう。

僕はレイさんのことを……仲間だと思ってる。

だから彼女がむやみに傷つくようなことをするのを、手をこまねいて見ていたいとは思わない。

僕には力がある。

そして僕が頼めばきっと、アイビーも一緒にきてくれる。

けれど何より――今の僕らには、仲間がいる。

サンシタだってアイシクルだって、僕がテイムしている魔物だ。

カーチャは僕の味方になってくれるだろうし、彼女が泣き落としをかければ辺境伯だって無下にはできないだろう。

勇者のレイさんだけじゃなくて、元聖女のマリアさんだっている。

マリアさんの護衛のハミルさんや一等級冒険者のシャノンさんだって、頼めばきっと力を貸してくれるだろう。

それ以外にも、たくさんの、本当にたくさんの人達に僕らの生活は支えられている。

今の僕はもう、何も知らずに田舎の村から出てきた時とは違う。

誰も頼れる人がおらず、一から関係を築き上げなければならなかった時とは違い、今の僕には助けになってくれる人や仲間……そして僕らのことを慕ったり応援してくれている人がたくさんいてくれる。

僕は英雄で、グリフォンライダーで。

そうだな、それならアイビーはさながら……英雄を助けてくれる聖獣様ってところかな？

もう一度、外の景色を見る。

王都の賑わいは、来た時と何も変わらない。

けれど見える景色の色は、なんだか大きく変わっているような気がした。

僕の心が決まったからだろうか。

来た時よりもずっと、街並みが色鮮やかに見える気がしたのだ。

「みぃ？」

アイビーが僕のことを見つめてくる。

そのきらきらとした瞳は、僕の全てを見透かしているかのように澄んでいた。

「アイビー、僕らでなんとかしてみよう。きっと力を合わせれば、魔王だってなんとかなるはずだよ」

確かに僕は頼りないかもしれないけれど。

少しくらいなら君の負担を、軽くしてあげることはできるはずだから。

「……みぃ……」

「……アイビー?」

いつも元気いっぱいの彼女にしては珍しく、しゅんとしていてどこか上の空な様子だ。

こんな彼女を見るのは、ずいぶんと久しぶりな気がする。

アイビーは少し思い悩んだような表情をしてから……パッと顔を上げる。

するとそこには、いつものアイビーの姿があった。

「みぃっ！」

『任せて！』という感じで、彼女はドンッと自分の胸を叩く。

アイビーの様子は少し気になったけれど、こういう時の彼女はなかなか事情を打ち明けてはくれない。

なので何も言わずに、アイビーが自分なりに消化するのを待つしかないのだ。

こうして王様との謁見やゼニファーさんとのお話なんかも無事に終わり、僕らは覚悟を決めることになる。

それはハリボテなんかじゃない、本物の英雄として生きていくための覚悟。

今の混迷した状況を打開するために必要な手を打つために、自分達が矢面に出るための覚悟だ。

僕らはこうして、勇者と魔王の戦いに割り込み参加をさせてもらう決意を固めるのだった。

そうと決まれば早速動かなくちゃいけない。

残された時間は、決して長くはないんだから——。

That turtle,
the strongest on earth

第三章

僕らだけにできること

自分にできることをやっていこうと決意を固めた次の日。

僕はカーチャにお願いをして、彼女に王国の貴族関係について教えてもらうことにした。

今まで僕は誰かにお願いをされて、受動的に動くことがほとんどだった。

自分から積極的に何かをしようと思い立ったことなんて、それこそ数えるほどしかないような気がする。

けれど今回はなんとなく、それじゃダメだって思ったんだ。

僕はたしかに、純粋な強さだけで言えばアクープ一なのかもしれない。

グリフォンライダーなのは一応事実だし、魔王軍の元幹部であるアイシクルだって従えている、それこそ英雄に相応しい力を持っている人物……という風に、外からは見えているかもしれない。

でもそれはあくまでも、アイビーに力を貸してもらえるからこそ発揮できるものだ。

僕という人間の本質は、村を出てきたあの時からほとんど変わっていない。

誰かに頼み事をされてしまえば断ることもできないし。

誰かが悲しい顔をしているのを見れば、なんとかして助けてあげられないかなと思ってしまうような、どこにでもいる普通の人間だ。

僕には他の皆が、恐らく強さを得るに至るまでに獲得してきたような——自らの持つ、強い信念がない。

僕は物語に出てくるような、誰にも負けない強さを突如として手に入れた少年そのもので。

そもそも人生で何か強い目的意識を持って望んだことだってほとんどない。

それこそ、アイビーの居場所を作ろうと頑張った時くらいな気がする。

でも、それだけじゃダメだ。

だから僕は敢えて、自分から一歩を踏み出すことにした。

カーチャが招かれている、ストロボ公爵家のパーティー。

公爵の三女の快復を祝うためのパーティーに、参加させてもらうことにしたのだ——。


「ブルーノ殿、遠路はるばるようこそお越しいただきました。私本日の主催を務めさせていただく、アルベルト・フォン・ストロボと申します」

「お初にお目にかかります、アルベルト閣下。一等級冒険者パーティー救世者のリーダーをしているブルーノと申します」

僕がストロボ公爵家の屋敷に向かうと、なぜかパーティーには公爵本人がやってきていた。

本当なら来ないというはずだったけれど、僕達に会うためにわざわざやってきたんだと思う。

その証拠に、今回のパーティーにはアイビーの同席も許可されているからね。

以前セリエに行った時にいきなり教皇がやってきたことがあったので、今回はさほど動じることもなく受け答えをすることができたと思う。

「もしよければ一杯いかがですか？」

「あ、それじゃあちょっとだけ……」

もちろん参加したからといって、何かが急激に変わるわけじゃない。

僕には皆を思わず従わせてしまうようなカリスマ性も、力尽くで従えるような強引さも、利得で味方陣営に引き込めてしまうような知略もない。

今の僕にできるのは、せめて少しでも有力者との顔つなぎをして、僕らの有用性について知ってもらうことくらいだ。

有事の際、助けてもらえる戦力はどれほどあったって困ることはないのだから。

僕はその後も、カーチャの護衛という名目で辺境伯と交渉の窓口を持っている大貴族達との顔合わせを済ませていくことにした。

既に王国の危機を救っており、復興のために素材を無償で提供しているということもあるからか、皆の反応は予想以上にこちらに好意的なものばかりだった。

何度か僕らの力を実際に見せたりする機会もあったおかげか、最後まで敵対的な目を向けてくる人は一人もいなかった。

これで何かあった時に、王国全体が敵に回るようなことはなくなった……と思う。

まだ挨拶をしただけだから、これから定期的に王都にやって来たりする必要はあるかもしれないけれど。

今後のことを考えるなら、アクープの街以外にも伝手を持っておいて損はないものね。

そんなこんなで毎日忙しくしていると、カーチャのすることが終わった。

なので当然ながら護衛である僕らも辺境伯領に戻ることになる。

ふぅ、慣れないことをするのは疲れるよ。

一度アクープに戻ったらゆっくり……してる暇はないか。

帰ったらアイシクルから色んな話を聞かなくちゃ。

普段の言動からするとついつい忘れちゃいそうになるけれど、彼女はあれでも魔王十指のうちの一体なんだから。

僕が一番気になっているのは、右手指の五体の魔物と、それらを統べる魔王の存在だ。

ゼニファーさんが言っていた岩礁や水棲の強力な魔物達のことは、実はそこまで心配してはいない。

——重力魔法を使えば、魔王島に空から入ることは、多分そんなに難しいことじゃないからだ。

それに空を飛べるのも、僕やアイビーだけじゃない。

サンシタやアイシクル達も飛行能力は持っているし、アイビーが障壁を出してサンシタをボコボコにした時のように、シャノンさんだって空で戦うこともできる。

だから空路を使って魔王島に到着すること自体は、できると思うのだ。

なので僕が気にしているのはその後のこと――魔王城にいるらしい魔王十指の右手指達と、魔王そのものの戦闘能力のことだ。

これ以上、魔物被害を悪化させないようにするため、世界の平和を守るためには、彼らを倒す必要がある。けれど具体的な強さがわからなければ、誰を連れて行けばいいかもわからない。

アイシクルが、ざっくりとでもいいから強さを知ってくれているといいんだけど……。


僕らは行きよりもゆとりを持って、アクープの街まで戻ってきた。

行きは王様からの招集があったから急いでいたけど、帰りは誰に急かされることもなかったからね。

街を囲む城壁を見ると、帰ってきたんだなぁという感慨が湧いてくる。

「みぃ……」

どうやらアイビーも同じ気持ちのようで、ジッとアクープの街を見つめていた。

今の僕達にとって、この街は第二のふるさとみたいな感覚だ。

守らなくちゃっていう使命感みたいなものが、胸にこみ上げてくるのを感じた。

「ブルーノ君、お疲れ様！」

「サンシタ、干し肉食べるかい？」

《食べるでやんす！》

城門を守る衛兵さんも皆、見知った顔ばかりだ。

向こうも最初の頃にこちらを恐れていた様子はどこへやら、今ではサンシタに餌付けをしながらその豊かな毛並みを撫でている。

アクープの街の住民からすっかり受け入れられるようになっているサンシタを見て笑いながら、ほとんどフリーパスで検問を抜けて街の中へと入っていく。

「それじゃあの、ブルーノ、アイビー！」

《あっしも忘れないでほしいでやんす！》

「うむ、サンシタもな！　また来るんじゃぞ！　絶対じゃからな～～!!」

辺境伯の屋敷の前まで来たので、ここまでで護衛の役目は終わりだ。

僕らは一旦カーチャとは別れて、家に戻るつもりだ。

ぶんぶんと勢いよく手を振るカーチャに応えて、こっちも頑張って手を振る。

人目があるところで大きな身振り手振りをするのは少し恥ずかしかったけれど、やっているうちになんだか楽しくなってきた。

僕も色んなことを経験していくうちに、ずいぶんと神経が太くなったのかもしれない。

貴族街を抜けて、一般区画へと入っていく。

すると事前に情報が出回っていたわけでもないだろうに、あっという間にアクープの街の人達に囲まれてしまった。

「おかえりなさい、ブルーノさん！」

「アイビー、今日は手乗りサイズなのね！　ほらここ、私の手に乗って！」

「サンシタ、ちょっと腐りかけてる鯛だが、一等級魔物のお前さんなら、まだギリギリ食べられるはず！」

辺境伯が熱心な宣伝活動を続けてくれたおかげで、今では僕らに熱心なファンがついている。

アイビーはマスコット的なかわいさで、サンシタは気兼ねなく接することができるグリフォンとしてかなりの人気を博している。

当初は他の濃い面子に負けないように自分で木彫りの人形を作っていたサンシタだったけれど、地道な草の根運動が成功したおかげか、今では彼以外の木彫り職人が作ったサンシタ像がそこらで売られるようになっている。

これは少し……というか結構恥ずかしいんだけど、街ではここ最近僕のグッズもそこそこ出回っている。

木彫りの僕が拳を掲げているのを見るのは、どれだけ経ってもなれることはないように思える。

「ブルーノきゅんハァハァ……あうっ!?」

僕らを囲むように集まってきた人の中の一人が、何かにぶつかったように後ろに撥ね飛ばされた。

大丈夫かと思うくらい息を荒くしていた女性の方を見てみると、額がほんの少し赤くなっている。

もしかして……と思いアイビーの方を見る。

「み……みみ」

『し……知らないっ！』という感じで、ぷいっと視線を逸らされた。

アイビー、なんでそんなことをしたのかはわからないけど……わからないからって、いたずらしたらダメじゃないか。

僕は人混みをかき分けて、アイビーに魔法を使われてしまった女性のところへ向かう。

もみくちゃにされながらたどり着くと、女性は額の痛みも忘れながらキラキラとその瞳を輝かせていた。

「ごめんなさい、大丈夫ですか？」

「ブ、ブルーノきゅん……」

「きゅん……？」

聞いたことのない敬称をつけられてしまい、思わず首を傾げてしまう。

アイビーも一緒になってこてんと首を横にすると、その様子を見た女の人が……なぜか鼻血を噴き出した！

「――ぶっ！　もう死んでもいいぃ！」

「ちょ、ちょっと大丈夫ですか!?　死んじゃダメですって！　――ヒールッ！」

急いで回復魔法を使うと、鼻血の方はすぐに止まってくれた。

けれどどうやら意識は彼方の方に飛んでいってしまっているようで、何かブツブツとうわごとを言いながら意識をもうろうとさせている。

軽く見てみたところ、どうやら命に別状はないようだ。

怪我や病気をしているわけでもなさそうだし……一体どうしたんだろう。

不思議に思っていると、彼女の友達を名乗る女性達がやってきた。

「ちょっと、何やってんのよあんた！」

「うらやま……けしからんことして！」

そしてよく意味のわからないことを言いながら、倒れた女性を引っ張ってどこかへ消えてしまった。

ちなみになぜか倒れた女性はずっと、ゲヒゲヒと笑っていた。

「……一体、なんだったんだろうね」

「みみぃみぃ」

アイビーが眉毛をキリリとさせて、ふぅ～っと魔法で作った煙を吐き出した。

『知らなくていいことよ……』という感じで、僕の肩をぽふぽふと叩いてくる。

どうやら大人の女性のつもりのようだが、やっぱりかわいらしさが勝っていて微妙に格好がついていない。

ちなみに僕らが一連のやりとりをしている間、サンシタは餌付けの猛攻に遭っていた。

《うっぷ……ちょっと食べ過ぎやしたかね……》

一つ一つは大した量ではなかったようだけど、久しぶりということで色んな人からもらっているうちにお腹がパンパンになってしまったようだ。

なんだか一回り大きくなったような気のするサンシタを引き連れて、僕らは家へと向かうのだった――。


アイシクルは現在、僕らの屋敷から少し離れたところにある小屋に居を構えている。

少し離れた……といっても歩いて数分もかからない距離だ。

元々は屋敷の中に部屋を持っていたんだけど、ここ最近のキラービーを始めとする蜂の品種改良の褒美ということで、辺境伯から近くにあった小屋が彼女に貸し与えられることになったのである。

家で少しゆっくりしてから、アイシクルを尋ねることにした。

《あっしはこっちでくつろいでるんで、ブルーノの兄貴達だけでぜひ行ってください……うっぷ》

あれだけ食べたのに、近くに魔物の気配があったからという理由でイノシシを追加で一匹平らげたサンシタは、完全にグロッキーになっていた。

更にパンパンに膨らんだサンシタは、もう球体みたいになっている。

流石に動けない様子の彼を置いて、アイシクルの小屋へと向かう。

ブンブンという羽音が聞こえてくるが、蜂の姿は見えない。

歩いていくと、何やら透明な覆いのようなものが見えてきた。

どうやらあの中で、蜂達を飼っているようだ。

出発する前にも一度見たはずなんだけど、遠目に見てもよくわかるほどに庭の改造が進んでいた。

透明な覆いは細かく区切られながら、小屋をぐるりと囲むような配置になっている。

全体で見るとかなりの大きさがありところどころに空気を取り込むための穴なんかも開いているけれど、蜂達が外に出てくるような様子はない。

恐らくアイシクルがフェロモンでも出して、ある程度移動範囲を決めているのだろう。

僕らはぐるりと小屋を取り囲む透明な覆いの中にぽつりとあった空きスペースを通って、小屋へと向かっていく。

「アイシクル～、いる～?」

ノックをしながら声かけをするけれど、まったく返事がない。

ひょっとして留守にしているのかもしれない……と思っていると、聞き慣れた羽音が鼓膜を揺らす。

すぐに僕とアイビーの目の前に小さな影が差し、空を見上げてみるとそこには、空を飛んでいるアイシクルの姿があった。

「あ、ブルーノにアイビーさん。お帰りなさいまし」

アイシクルは何か大切な用でもあったのか、いつもよりしっかりとした装飾多めのドレス（風《ふう》の甲殻と皮膚）を身に着けていた。

話を聞いてみると、どうやら辺境伯に何かを売りにいっていたらしい。

それがなんなのかと言うと……。

「こちら、今絶賛売り出し中のアイシクル印の蜂蜜クッキーですわ！　ぜひご賞味くださいませ！」

「アイシクル印って何……？」

アイシクルが出してきたのは、紙の箱の中にびっしりとしきつめられているクッキーだった。

ぜひぜひと言われたので一枚手に取ってみる。

表面にはデフォルメされたかわいらしいアイシクルの顔のマークがあり、裏を見てみるとアイシクルがウインクをしていた。

彼女は一体、どこに向かおうとしてるんだろうか。

うら
おもて

「……（もぐもぐ）……あ、優しい甘さで美味しい。結構好きな味かも」

「みいっ！」

ポリポリとクッキーをかじると、なんだか懐かしい優しい味がした。

王都で食べる砂糖たっぷりのあまーいお菓子とは違い、小麦の素材を活かした味がする。

素朴で人によっては物足りないと思うかもしれないけれど、僕は好きな味だ。

どうやらアイビーも気に入ったようで、既に二枚目に手を伸ばしている。

小麦の舌触りもよくて、砕けたクッキーが舌の上で踊っていた。

「最近では甘さが自在に調節できるようになりまして。水飴みたいに癖のないものや、逆に一滴垂らしただけで味が変わるような強烈なものまで、変幻自在ですの」

「なんだか凄いね、もう完全に養蜂家だ……」

しかも絶対に普通の養蜂家じゃできないようなことまでやっている。

どうしよう、その一滴で味が変わる濃い濃い蜂蜜、舐めさせてもらおうかな……。

「今のところ一番この街に貢献できるのがこれですので。ゆくゆくはもっと皆様に、昆虫の良さを知ってもらいたいところですわ！」

アイシクルは現在、『昆虫女王』として昆虫の良さを広めるために積極的に活動しているらしい。

レイさんはわりとあちこちを行ったり来たりしているけれど、アイシクルは基本的にずっとアクープの街にいる。

なので彼女の知名度はかなり高い。

辺境伯やゼニファーさん、それと新たに雇い入れた養蜂家さん達から魔糖蜜を取引するための商人等々……色んな人と関わりを持っているため、最近では下手をすると僕よりも顔が広いかもしれない。

彼女は見た目もかなり人間に近いし綺麗なので、男性陣からの人気は高い。

けどわりと天然なところもあったため、女性からのウケも悪くないらしい。

ここ最近ではアイビー、サンシタ、僕（本当に不本意だけど！）に並ぶ第四のマスコットキャラとして注目を浴びているらしい。

でもなんやかんやで、アイシクルもなんだかずいぶんと丸くなったよね。

ペットは飼い主に似るっていうけど……え、もしかして僕に似てこうなってるってことなの？って、そんなことを自問自答してる場合じゃなかった。

そもそもアイシクルに話を聞かせてもらうために、ここまでやってきたんだから。

「かくかくしかじかというわけなんだ」

「なるほど、魔王様と右手指達の強さ……ですか」

「うん、僕らの近くに居て魔王軍と直接の関わりがあるのって、アイシクルくらいだからね」

「たしかにそうですわね」

話をするなら立ち話もなんだろうということで、小屋の中に入ることになった。

中に入ると、どこかで嗅いだことのあるような香りが漂ってくる。

これは……ラベンダーか何かかな？

「蜂は花粉を媒介するのが得意ですから、最近は花の品種改良なんかも請け負ってますの」

どうやらこれはアイシクルが品種改良を手伝ったラベンダーから抽出されたアロマオイルらしい。

こちらも近いうちに商品化が予定されているようだ。

て、手広いねアイシクル……僕よりよっぽど商売上手なんじゃないかな。

「よければハーブティーもどうぞ」

「しばらく見ないうちに、優雅な生活してるねぇ……」

「皆さん、優しくしてくれますから」

そう言ってほうっと温かい息を吐くアイシクルは、どこからどう見ても普通の人間にしか見えなかった。

……やっぱり彼女も、会ったばかりの頃と比べるとずいぶんと丸くなった。

だってこうして僕を相手にして、魔王軍の話をしてくれるほどなんだから。

「まず第一に、私は魔王様の強さについてはよく知りません。会ったのも片手で数えられるほどしかありませんから」

「うんうん」

「けど魔王十指の右手指に関してはある程度ならわかりますわ。そうですね……」

目をつぶりながら、おとがいに手をやるアイシクル。

何かを考える時の癖なのか、彼女の翅がゆっくりと開いては閉じていく。

「右手指の皆様方はすごく強いですわ。一番弱い右第一指でも、私では手も足も出ないくらいの強さがあります。でもその中でも、右第四指と右第五指は別格で……恐らく今のブルーノさんでも、勝てるかどうか……」

「……（ごくり）」

気付けば生唾を飲み込んでいた。

僕は今まで、あまり命の危機を感じた経験はない。

格上と戦った経験自体も、訓練をする時にアイビーと戦ったのを除けば、ほとんどないと言っていい。

そんな風に強敵センサーがイマイチ働いていない僕でも、あのガヴァリウスを倒そうとした一撃を防いだ時の衝撃は、今でも覚えている。

「右第四指クワトロ……」

「あ、そういえばブルーノさんは一度彼と会っているんでしたわね」

彼が撃ってきた魔法の威力は、アイビーが放つ魔法並みだったように思える。

それに虚空から突如としてやってきた、あの謎の移動手段。

あれも魔法か何かなんだろうか。

「アイビーは知ってる？」

「み……」

知らない、という感じで首をふるふると振ろうとするアイビー。

まあ流石にアイビーであっても、あの魔法を使うことは――。

「みみっ！」

けれど首を軽く振ってから、アイビーは『閃いた！』という感じで小さく手を叩いた。

そして――。

「みいっ！」

彼女が口を開くと、今までに見たこともないくらいに複雑で精緻な魔法陣が描き出される。

そして何かを食べるように口を閉じると――バグンッ！

彼女の目の前が、闇に染まっていく。

周囲の空間を削り取るように黒が空間を侵食していき……そして虚空に、一度だけ見たことのある印象的な黒い空間が現れた。

これは――あの時にクワトロが使っていた魔法、だよね？

聞いてみると、こくんと頷かれる。

あれ、でもアイビーさっき知らないって首振ってなかった？

なんでいきなり、使えるようになったんだろう……？

思い返してみると、前にも似たようなことがあった気がする。

僕がカーチャを襲ってきた襲撃者達から情報を抜き取りたいなって思った時や、港町の様子を見たいなぁって試しに聞いてみた時。アイビーは必ず目的に沿った魔法を使ってくれていた。

もしかしてアイビーはなんでも知っているわけじゃなくて、知りたいと思った時にその知識が頭に浮かび上がるようになってるんだろうか。

……まあ、別にどっちだっていっか。

それでアイビーの何かが変わるわけじゃないし。

「これって、入ってみても大丈夫だったりする？」

「みぃっ！」

アイビーが自信ありげに頷く。

なので彼女を信用している僕は、まったく躊躇することなく、一寸先すら見えないような漆黒の空間へと足を踏み入れるのだった――。


見慣れぬ黒い空間へ入ったかと思うと、次の瞬間には明るい場所へと出た。

その光量の差に目を白黒させていると……あれ、ここ、どこかで見たことがあるような……？

「ふわあぁ……眠いのじゃ……あったかくて、お日様もぽかぽかで……ｚｚｚ……」

「……カーチャ？」

やってきたのが、見慣れた空間だった。

何度もやってきたことのある、辺境伯の屋敷の一室。

娘に甘い辺境伯の意向で作ったのだろう、他の部屋よりも一回りも大きなカーチャの部屋だ。

奥の方には天蓋付きのベッドが見えており、開かれている窓からは涼しい風が吹いてくる。

自然光を上手く取り入れることができるようになっていて、明かりを点けずとも勉強机の上で手元が暗くならないような設計になっている。

夜でも勉強や読書ができるよう明かりの魔道具が設置されている勉強机には、教科書が広げられていた。

座り心地の良さそうな革張りの椅子に座っているカーチャは、そこでこくこくと舟を漕いでいた。

でも、それも無理もないことだと思う。

まだ未成年なのに、あっちこっちと飛び回ってたからね。

「眠たいせいか、なんだか幻聴まで聞こえてくるのじゃ……まさかブルーノがここにいるわけでもあるまいし……むにゃむにゃ……」

「ごめんね突然お邪魔しちゃって」

「何を言う、妾とブルーノの仲じゃろう。いずれ妾がナイスバディーになったらその時には……むにゃむにゃ」

……ナイスバディー？

何を言ってるんだろうと思いながら、カーチャの隣に立ち、そのまま後ろに数歩下がる。

少し後ろからカーチャのことを見つめるこの場所が、彼女を護衛する時の僕の定位置だった。

以前のことを懐かしんでいると、思わず笑みがこぼれる。

昔の思い出はキラキラとしていて、今の気持ちすら上向かせてくれるのだ。

「むにゃ……？」

足音が聞こえたからか、カーチャが顔をゆっくりとこちらに回してくる。

すると寝ぼけ眼で半分目を閉じている彼女と、視線がバッチリ合った。

「ぶるー……の……？」

「そうですよ、ブルーノですよ」

カーチャがこてんと首を傾げる。

焦点の合っていなかった瞳が徐々にその輝きを取り戻していき……カーチャがぱちりと、目を瞬かせた。

「なっ……」

「な？」

「なななな——なんでここにブルーノがっ!?」

立ち上がるとずざざざっとすごい勢いで後ずさりするカーチャ。

あわあわと口を開いている彼女に謝ってから、僕は事情を説明しようと口を開いた時に――。

「みいっ！」

元気な鳴き声を出しながら、アイビーもカーチャの部屋の中に入ってきた。

アイビーが入ってくる時に現れた黒い空間を見て、カーチャはどうやら事情を察したようで。

「なるほど、これもアイビーの魔法、というわけかの」

「その通りなのじゃ」

「ちょっ!? 妾の口調を真似するでない！」

「あいたたっ!? ごめん、ごめんってば！」

よだれを垂らしながら眠っていたさっきの顔がかわいかったから、ついうっかり。

どうやら心の声が出てしまっていたようで、カーチャが顔を真っ赤にさせてしまう。

「か、かわわっ!?」

ご、ごめんね。

「――わ、妾の純潔をもてあそびおって！ 責任取るのじゃ、ブルーノ！」

せ、責任って……どういうこと？

僕はよくわからないながらもとにかく謝ることにした。

感情で怒る女の子相手に、理論で話をしようとしてもまったく通じない。

なのでこういう時はどっちが悪いとかは関係なく、男側が相手が機嫌を直すまで謝るしかない。

以前父さんから教えてもらった女の子の機嫌を取る秘訣に従い、僕は百面相をしているカーチャに平謝りをし続けた。

するとアドバイスは正しかったようで、ひとしきり怒ってからカーチャは僕らのことを許してくれた。

僕はなんとかしてその場を切り抜けることができ、ホッと安堵のため息を吐くのだった――。


「ふぅ、ひどい目にあったよ……」

「みぃみぃ」

『まぁまぁ』という感じで僕のことをなだめるアイビーに頭を撫でられながら、僕は屋敷に戻ってきていた。

あの後もアイシクルから色々な話を聞いたので、魔王十指に関しての情報はかなり集められた。

これがあるのとないのとではえらい違いだ。

あとでアイシクルに、なにかお礼をあげなくちゃいけないね。

屋敷に帰ってくると既にサンシタは球体フォルムから回復しており、いつものすらっとしたグリフォンに戻っている。

でもアイビーもクワトロが使っていたあの転移魔法（でいいのかな？）を使うことができるのなら、話はずいぶんと変わってくる。

どうやらあの魔法は、行ったことがある場所にしか行けないようになってるみたいだ。

なのでまず最初にアイビーが魔王島に向かう。

そしてこっちに戻ってきてから、一緒に戦う仲間を引き連れて魔王島へ再度転移する。

これができれば、魔王島に行けないという最大の問題は解決できる。

魔王十指の強さは、右第四指や右第五指といった最上位の魔物達相手では、今の僕では勝てるか怪しいくらい。

そして右手指は五体全てが現存しているし、更に左第五指の魔物もまだ生きている。

六体の強力な魔物達をなんとかして、更に魔王とも戦わなくちゃいけないというわけだ。

「仲間がいるね……」

今では彼女の邪魔をしないように戦えるようにはなったけれど、それでもまだ僕の本気は彼女の全力にはほど遠い。

サポートならできるとは思うけど……それなら僕の役目は、魔王十指のうちの一体を引き受けて、アイビーと魔王との直接対決に邪魔が入らないようにすること、かな？

僕が誰か一体受け持ったところで、まだ魔王十指は五体も残っている。

彼らを相手取ることができるだけの仲間集めが必要だ。

一人目は、まず間違いなくレイさんだ。

後で聞いた話では、レイさんは魔王十指の中では下から数えた方が早い左第二指を相手にして苦戦していたらしい。

けれど伝承によれば、勇者は魔王すら倒せるほどに強くなることができるらしい。

彼女のひたむきさがあれば、魔王十指と戦えるだけの勇者になれると思う。

次はサンシタ。

彼は僕とアイビーが魔王島に行こうという話をしている時に
《もちろんあっしも行くでやんす》

と参加を表明してくれた。

サンシタもレイさんやアイビー相手の修行を続けることで、既に普通のグリフォンとは比較にならないくらいに強くなっている。

アイシクル、マリアさん、ハミルさんの三名も何かあったら力を貸すと言ってくれている。

けれど僕も含めてだけど……魔王十指と戦うためには、まだまだ実力が足りない。

どうしようかと少しだけ悩んで、こういう時の答えを持っている彼女に聞くことに決める。

「ねぇアイビー。僕らを、魔王十指と戦うことができるようになるくらい強くしてほしいんだけど……できるかな？」

そんな僕の無茶ぶりに対し、頼もしい僕の相棒は少し首を捻って考えるようなそぶりをしてから、

「みいっ！」

と力強く、胸を張るのだった――。


「――というわけで、もし良ければ皆で一緒に修行ができればと思うんですが……どうですかね？」

僕は救世者のメンバー全員を集めていた。

集めるのにも一苦労だったよ……特にレイさんなんか、王国にすらいなかったしね。

現在僕らは、辺境伯の屋敷に集まっている。

そこで僕は彼女達に、今人間が抱えている問題について全てを打ち明けることにした。

本当はギルドを借りても良かったんだけど、あんまり色んな人にいらぬ勘ぐりをされてもつまらないからね。

それにアクープの防衛戦力である僕らの去就に関わってくるということだし、今更知らない仲でもないから、辺境伯にはしっかりと話を通しておかなくちゃいけなかったっていうのもある。

ちなみにお目付役というわけじゃないけれど、話し合いの様子を見守る見届け人としてカーチャ

も側で僕らの話を聞いている。

「なんと……そのようなことが……」

カーチャもかなりショックを受けているみたいだった。

たしかにできることならカーチャにはあまり物騒な話を聞かせたくなかったんだけど……辺境伯はどうして、同室するよう命じたんだろう。

「……（ブルブル）」

このまま本当に魔物の強さが一等級上がるのなら、それが領地にどんな被害を与えることになるかを考えたからか、カーチャの身体が小さく震えた。

流石に見ていられなくなったので、立ち上がってカーチャの下へと歩いていき、彼女の震える手を握ってあげた。

カーチャの手は僕より一回りも小さく、強く握れば壊れてしまいそうなほどに白く、そして細長かった。

「大丈夫だよ。問題にならないようにするために、僕らが行くんだから」

「で、でもでも……そんな強い奴らを相手にしていたら、ブルーノもアイビーも死んでしまうのじゃ！　全てをブルーノ達が解決しなければいけない道理などない。それをしなくてはならんのは、国であり貴族のはずじゃ！」

たしかにカーチャの言っていることは正しい。

けれど彼女自身、自分が言っているのが理想論であるとわかっているためか、どこか憮然とした表情をしていた。

王国は王様と大貴族達が揉めている。

魔王十指に内側をかき乱されたセリエは一段落ついてはいるけれど、王国そのものと国交が開かれてはおらず、辺境伯達一部の貴族としか連絡は取れない状態だ。

同じく魔王十指による被害を受けている帝国なんて、王国で暮らしていたら情報はまったく入ってこない。

こんな状況で、レイさんの下、足並みを揃えて魔王を討伐しに行くなんて、どう考えても不可能だ。

けどやらなければきっと、どこかで悲劇が起こる。

だから僕らがやる。

力があるからこそ、やらなくちゃいけないいんだ。

「大丈夫だよ。もちろんしっかりと修行をするつもりだから」

「修行？　アイビー殿やブルーノ達とは一緒にしてきたつもりだが……」

そういって不思議そうな顔をしているのは、現在各地を飛び回りながらなんとかして各国の連携を説いて回っているレイさんだ。

パーティーの最中に抜けてきてもらったため、真っ赤な絨毯を一枚の衣類に仕立て上げたような、金と赤の派手なドレスを身に着けている。

「なんでもアイビーに策があるそうです。今の僕らでも魔王十指と戦うようにするための策が」

「ほう……なんにせよ、アイビー殿の言うことなら間違いはないのだろうな」

そう言ってレイさんは、グッと唇をかみしめる。

真っ赤に塗られたルージュを、かみしめて唇から流れ出す血の紅が上書きしていく。

「私では……力不足だった。大陸をまとめ上げることもできなければ、魔王を倒すこともできそうにない……すまないな、こんな不甲斐ない勇者で」

「そんなことありませんよ。レイさんの存在は、皆の心の支えになっていると思います」

「そうなの……かな。はは、最近はあまり考える余裕もなくてね、どうにも思考がグルグルと堂々巡りを繰り返しているんだ」

たしかに僕とレイさんが純粋に力比べをすれば、軍配は僕の方にあがることだろう。

けれど強さがまだまだであったとしても、レイさんが果たしている役目は非常に大きい。

魔物の被害や突如としてやってくる黒の軍勢——王様達から直接言明されているわけではないけれど、皆ここ最近の不穏な空気というものは肌で感じ取っている。

それでもいつも通りの生活を続けることができているのには、レイさんが勇者として皆の精神的な支柱になっていることも大きいと僕は思っている。

「それにこれから強くなっていけばいいじゃないですか。アイビー曰く、僕らはまだまだのびしろしかないみたいですよ」

「これから強く……か。そうか……そうだな。勇者の私が、くよくよしている時間なんてないものな」

「あら、そんなことにすら今更気付きましたの？　相変わらず頭の回転が遅いのね、勇者様は」

「もう一回言ってみろ、背中に生えたその翅をむしりとってやるぞ」

レイさんの言葉を聞いてもどこ吹く風、いつもの調子でアイシクルはおーっほっほと高笑いをしている。

完全にアイドル養蜂家としての地位を確立しつつある彼女は、正直なところ来るかどうかは半々だと思っていた。

けれど彼女もサンシタと同じようにたっての願いということで、魔王島への上陸を求めてきたのだ。

「というかアイシクル、お前こそいいのか？」

「いいって……何がですか？」

「だってお前……魔王十指も魔王も、お前の上司みたいなものだろう？　そんな奴らに反逆なんかして、大丈夫なのか？」

アイシクルとレイさんはいつも喧嘩ばかりしている。

けれど喧嘩するほど仲がいいというやつで、二人とも相手のことをかなり気にかけている節がある。

　もちろん僕がそう言うと、二人とも否定するんだけどね。

「私、この街に住む皆様のこと、結構気に入ってますの。彼らを魔物で押しつぶして滅ぼしてしまおうとする魔王様の考え方には、やっぱり同意できません。相手は獣ではない理性ある動物なのですから、わかり合うことはできずとも、対話をすることくらいは難しくないはずですもの」

「お前……色々と考えてるんだな」

「ええ、いつも忙しい誰かさんとは違って、幸い時間には余裕がありまして」

　そう言って不敵に笑うアイシクル。

　見つめ返すレイさんの方も、まんざらでもなさそうだ。

　やっぱり二人とも、仲良しである。

　ライバルみたいな関係性なのかもしれない。

「もちろん私も行かせてもらうよん。こんな気ままな冒険者生活をしてるから、世界とか国とかはどうでもいいけどさ、こんな面白そうなことに参加しない手はないもんね」

　前回の魔王軍の討伐報酬で浴びるように酒を飲んでいたシャノンさんがパチリとウインクをしてくる。

　もしかするとまだ酔っているのかもしれないと思い、回復魔法をかけた。

　するともう一度、パチリとウインクをされる。

どうやら最初からあまり酔ってはいなかったみたいだ。

シャノンさんとは、この中にいる誰よりも付き合いが長い。

知り合った順番で言えば、サンシタよりも先になるわけだし。

シャノンさんからは、先輩冒険者として色んなことを教えてもらった。

彼女がいなければ、果たしてサンシタを僕の従魔として登録することができていたかどうか……。

それに僕が危険な場所へ足を踏み入れる時に、彼女は躊躇なくその隣についてきてくれる。

仕方なくとか勇気を出してとかそういった感じではなく、いつも通りに飄々と、日常生活の延長線上のように危険地帯へと躍り出す。

「どうしてそこまでしてくれるんですか？」

「そんなの決まってるじゃん――ブルーノ君の近くにいるのが、一番刺激的でワクワクするからだよ！」

「な、なるほど……」

予想外の答えが返ってきたので、とりあえず頷いてしまう。

シャノンさんは豪放磊落というか、細かいところを気にしないタイプの人だ。

何にせよ、彼女は僕にとっては頼れる先輩だ。

貴重な戦力として頼りにさせてもらうことにしよう。

「もちろん私も戦います。こう見えて、まったく戦えないわけではありませんから」

「当然ながら、マリア様が行くのなら私も行かせてもらおう」

元聖女であり現在は人助けをしながら人々に回復魔法をかけて回っているというマリアさん。

そしてマリアさんの護衛兼お付き役であるハミルさん。

マリアさんはセリエ宗導国で聖女として各地を転々としていた際、危険地帯に足を踏み入れることも多かったという。

そのためこちらに来てからは使う機会もないものの、戦闘の心得も一通り習得しているのだという。

そしてハミルさんは多分呪いの武器なのだろう怪しげで厳つい鎧を身につけた、とにかくパワフルな戦い方をする。

彼女達がついてきてくれるようになったことで、とりあえず人員的な問題はなんとかなりそうだ。

僕・サンシタ・レイさん・シャノンさん・アイシクル・マリアさん＆ハミルさん。

この七人で魔王十指を相手にすれば、アイビーと魔王の直接対決に水を差すことはないだろう。

「で、後はどうやって強くなるかなんだけど……アイビー、その方法を教えてくれる？」

「みいっ！」

重力魔法を使ってふよふよと浮かんだアイビーが、窓を開けて外へと出て行く。

バルコニーへ出て、手すりに手をかけながら彼女を見つめていると、アイビーはそのまま地面に降り立った。

ここは二階なので、自然見下ろす形になる。

皆で団子になって集まりながら、アイビーが何をするのか見つめていると――ボンッ！

アイビーが一気に大きくなった。

全開の時の大きさにはほど遠いけれど、それでもかなりの大きさだ。

屋敷の前にある庭だと窮屈に見えるほどのサイズになった彼女が、全力で魔法を使う。

「みぃいいいいいっっ!!」

アイビーの全身を覆うように、魔法陣が展開されていく。

少し前に転移の魔法を使った時に負けず劣らずに精緻な模様が刻み込まれている。

あの時よりアイビーの身体が大きい分、サイズも何倍も大きくあり、数え切れないほど大量の光が次々と生み出されていく。

そして空間に固定された魔法陣が七色の光を発しながら、どんどんとその光を強めていき……あっという間に目を開けていられないほどの光量になった。

手で庇を作ってなんとか光をやり過ごしてから目を開けると……そこには六つの扉があった。

「みぃっ！」

アイビーが光線を撃ち出し、地面に焦げ目ができていく。

よく見るとそれらは、僕達救世者のメンバーのデフォルメされた顔が描かれている。

マリアさんとハミルさんは二人でワンセットになっていて、一番左側には舌を出しながらバカっぽい顔をしているサンシタの絵まで描かれていた。

どうやらそれぞれが指定された扉をくぐれ、ということらしい。

アイビーが言っていた策と関係があるんだろうけれど……強くなるためのヒントが、扉の先にあるってことなのかな。

僕らは階段を下り、扉の前にまでやってきた。

「この先に、強くなるために必要な何かがあるってこと？」

「みぃっ！」

アイビーがそう言うのならそうなんだろう。

ということで皆で、自分の似顔絵が描かれている扉の前へと向かう。

ドアノブを握った瞬間、ドクンと胸が高鳴った。

今まで色々な戦闘経験をしてきたからだろうか、第六感のような何かが、ここから先に進むなとこちらに訴えかけてくる。

けれど僕は本能を理性で押し込み、グッとノブを握る手に力を入れる。

僕のドアは、一番右側だ。

なので左を向くと、そこには救世者のメンバー達の姿があった。

皆が別々のドアをくぐるってことは、行き先も全員別々なんだろうか。

「それじゃあお先〜っ！」

シャノンさんはひらひらと手を振りながら、何のためらいもなくさっさとドアの向こう側へと入っていってしまった。

「……（こくっ）」

レイさんはこちらを見て、一つ頷いた。

そしてすぅはぁと一度大きく深呼吸をしてから、ゆっくりとドアの向こう側へ消えていった。

その後もマリアさんとハミルさんがドアを通り、アイシクルが鱗粉を飛ばしながらドアの先へと飛んでいく。

そしてそうこうしているうちに、空から一つの影が飛び降りてきた。

《アイビーの姉御の求めに応じて、参上したでやんす！》

サンシタはやってきてからアイビーから事情を聞き、ふむふむと頷くと、

《あっしも行かせてもらいやす。もう足手まといには――なりたくありやせん》

そして勢いよく、ドアを蹴破っていった。

残っているのは僕とアイビー、そして僕のすぐ右隣でハラハラと成り行きを見守っているカーチャだけだ。

「ブルーノ……」

不安そうな顔をしているカーチャを見て、僕はハッとした。

これから世界を救うことになる英雄が、女の子一人を不安がらせてどうするんだ。

以前より少しだけ小さく見える彼女の頭を撫でる。

「安心して。強くなって、帰ってくるから」

今思うと、あまり悩むことなく決めた救世者というパーティー名は、大それている。

だから——パーティーの名前に恥じないように、強くなれたらと思う。

「——うむっ！　待っておるぞ！」

カーチャが僕の方へぶんぶんと手を振ってくる。

不安そうな表情を押し殺しながら歯を食いしばって、情けない顔をみせてしまわないように。

僕も……皆に負けてられないな。

よしと軽く気合いを入れてから、僕もノブを回し、ドアの向こう側の世界へと歩いていくのだった——。

第四章

それぞれの修行

ドアの先に広がっていたのは……見たことがない森の中だった。

木々が鬱蒼と茂っていて、紫や赤といったいかにも毒々しい感じの葉っぱをつけている。

遠くからは獣のうなり声なんかも聞こえてきていて、聞いたことがないほど大きくて生理的な嫌悪感を抱かせる咆哮も聞こえてくる。

どうやらかなり色々な種類の魔物が跋扈しているみたいだ。

とりあえず……先に進むしかないよね。

『みいっ！』

「アイビー、来てくれたの……って、なんだか透けてる!?」

アイビーも一緒に来たのかと思ったけど、よく見ると違うことはすぐにわかった。

だって彼女の身体が、向こう側にある青色の果実が見えるくらい透けてるんだもの。

「アイビー本体はこっちに来ない。僕一人でこの森を抜ければいい……ってことで合ってる？」

『みみっ！』

透けているアイビーが、僕の考えを肯定するように頷く。

ぱあっと僕の目の前の地面が光り出したかと思うと、そこに背嚢が現れる。

中を確認すると、どうやら食料や寝袋といった生活必需品が入っているようだ。

アイビーの身振り手振りを使った説明で、なんとなくやるべきことが見えてくる。

どうやら僕はここで大量の魔物を相手にしても戦い続けることができるだけのガッツやスタミナ、

そして良い意味での気の抜き方を鍛えればいいらしい。

魔王島へ到着してから魔王城にたどり着くまで、そして城の中に入ってから魔王十指に出会うまでにも、恐らく沢山の魔物と戦う必要がある。

そこで下手に疲れて、来る決戦のタイミングで疲れていては本末転倒だ。

というわけで僕へ与えられた第一の修行は、ここで彼女なしでもしっかりと戦えるようになっておくことということらしい。

現在、僕とアイビーの魔力量は完全にリンクしている状態にある。

そしてアイビーの魔力は今まで一度として切れたこともなく、彼女の魔力量は実質無限に近い。

そんな風にハンデをもらってるわけだから、こんなのクリアできて当然だよね。

もちろん修行はこれだけで終わるわけではなく、アイビーが世界各地を見て確認してきた最強クラスの魔物達と戦う第二段階、アイビーとひたすら戦い、彼女相手に白星をあげられるようにするための第三段階という風に続いていくらしい。

つまり僕の目標は――純粋な強さで、アイビーを超えること。

たしかに地上最強の彼女を倒すことができるようになったのなら、魔王十指だって問題なく倒すことができるだろう。

アイビーは本気だ。

心配はしているようだけど、僕を過酷な環境に追い込む手を緩めるつもりはないようで、覚悟の決まった顔をしている。

だったら僕も、腹をくくらなくちゃ。

思い切り自分の頬を叩く。

よし、ここからが――僕の英雄としての、第一歩だ。

「ＧＹＡＡＡＡＡＡＡＯ！」

僕は空から急降下してくるドラゴンを見つめながら、魔法発動のための準備を整える。

そして――。

「パイルライトアロー!!」

ドラゴンへ放った光の矢が、僕のサバイバル生活スタートののろしになるのだった――。

救世者のメンバー達は、アイビーが用意した転移の扉によって、それぞれがまったく別の場所に飛ばされることになる。

そして全員がその転移先で、魔王十指と戦うことができるようになる強さを手に入れるための特訓を行うことになるのだった――。


レイという少女は、どこにでもいる普通の女の子であった。

しかし世界は彼女に、魔王を討伐する勇者という肩書きを与えてしまう。

それによって少女の生活は一変することになる。

自身が勇者であることが判明してからの彼女の生活は、修行と戦闘に明け暮れるだけの単調な日々の繰り返しだった。

自分がどれだけ強いのか。

果たして自分に、魔王を倒すことはできるのか。

そしてそれより何より、周囲からの期待に応えられないのだけは絶対に嫌だという強い気持ち――。

そんな日々は、レイという少女の精神を確実に摩耗させていた。

気丈に振る舞うことも多く、ともすれば男装の麗人のように思われることも多い彼女ではあるが、その心は決して強くはない。

物語に出てくるような勇者と比べても、決して鋼とは言えないメンタルを持つ彼女は、誰からも追い込まれる日々を過ごしていた。

もしあのままの日々が続いていたとすれば、いざ魔王と戦うとなった時に果たして彼女は自身の役目を果たすことができたか……。

正直、不可能に近かっただろう。

けれど彼女の人生は、ある日突然一変することになる。

とある亀と少年との出会いは、文字通り彼女の運命を変えたのだ。

勇者として王国の一流の人材達に育てられたはずのレイは、アイビーとブルーノに完膚なきまでに破れた。

そこで彼女の勇者としての自信は粉々に打ち砕かれ……そしてそれ故に、ただのレイとして自然体で日々を過ごすことができるようになった。

気負っていた時には気付けなかった世界や人の優しさに触れることができるようになった彼女の考え方は、良くも悪くも変わった。

それによって変わったことも、変わらなかったこともあるが、全体を通してみれば良い変化だと、自身では思っている。

アイビーやブルーノという今の自分では届かない遙か先にいる人間がすぐ側にいるからこそ、彼女は今までにないほどに余裕を持ち、冷静な判断を下せるようになっていた。

故に今の自分にできることと考えて各国を飛び回りながら連携を説いていたし……その結果があまり芳しくないからこそ、アイビーからの呼び出しに対して躊躇することもなく飛びつくことができた。

彼女は転移の扉をくぐる時も、なんら不安を感じてはいなかった。

以前と比べて楽観的になったレイは、まぁなんとかなるさと軽い気持ちでドアをくぐり――。

「ん、ここは……？」

一瞬の意識の明滅。

消えかけていた意識は瞬時に覚醒し、レイは自分が何をしようとしていたのかを思い出す。

握っていたドアノブの感触が消えたことに気付く。

そして改めて覚醒した意識であたりを見回してみる。

「ここは……闘技場、か……？」

彼女が言う通り、その場所は闘技場に酷似していた。

ドーム状になっている施設には段々になっている観客席があり、中央部には選手が立つためのステージが一段高く設置されている。

ステージ手前の階段にいることに気付いたレイは、とりあえず階段を上ってみることにした。

上にたどり着くと、そこには二本の白線が引かれていた。

恐らくは対戦相手が向かい合うためにある、一対の線。

そのうちの一つを踏みしめながら、向かいにある空間を睨む。

『みいっ！』

どこか遠いアイビーの声が聞こえてくる。

どうやらこの闘技場の中のスピーカーを通して聞こえてくるようで、本人の姿は見えなかった。

アイビーの声音は真剣で、レイは覚悟を決める。

これから何が起ころうとも平常心でいてみせると腹をくくった彼女だったが……その決意は、あっけなく打ち砕かれる。

パアアアアッッと突如としてあふれ出す光。

その光源は、自分の向かいにある白線のあたりだった。

目を閉じることなく見つめていると、次の瞬間――。

「おーっほっほっほっほ！」

聞き慣れたうっとうしいことこの上ない声が、ステージを震わせる。

そしてレイの眼前に、アイシクルが現れた。

「どういうことだ……？　私とお前の扉は、同じところにつながっていたということか？」

「いいえ、それは違いますわ。今の私は、アイビーさんの魔法によって生み出されたただの幻です。……といっても、実体もあれば扉をくぐった時点の私とまったく同じ強さは持っていますけれど」

「アイビー殿の魔法は……そんなことまでできるのか。相変わらず底が知れないな……」

レイは目を凝らして確認してみるが、向かい合っている相手の見た目はどこからどう見てもアイシクルそのものだ。

その腹立たしい声から整った顔に、ひらひらと細かく動いている翅まで……偽物だと言われても、信じきれないほどによくできている。

だがレイは目の前のアイシクルが本物ではないことを、理性ではなく本能で理解した。

レイはアイシクルのことが嫌いだ。

けれど嫌いだからこそ、彼女の性根というものをよく理解している。

覚悟を決めてあの扉をくぐったからには、アイシクルもまた強くなるための過酷な環境下に身を置いているはずだ。

「まずは私、そして次は……僕」

先ほどまでアイシクルだったはずの幻影が、ぐにゃりとその姿を変える。

そして一瞬のうちに現れたのは、冷たい瞳をした少年だった。

年齢はブルーノと同じくらいなのだろうが、その身に纏う覇気は、レイですら背筋に寒気を感じるほどのものだった。

「そして最後に僕と戦って……それが終わったら、アイビーが直に稽古をつけてくれるから」

謎の少年の影は、次に見慣れたブルーノの姿を取る。

彼もまた、本物と寸分違わないほどに似ていて、レイはアイビーの魔法のありえなさにため息が出てきてしまう。

（謎の空間を生み出し、そこに実物と変わらぬだけの実体を持った幻影を生み出す……そんなことができるアイビー殿は、一体何者なんだろうか？）

それは過去、幾度となく感じてきた疑問だった。

アイビーは彼女ただ一体しか前例のない、新種の亀だということは知っている。

けれどその上で、こうも思うのだ。

――いくら新種で珍しい魔物とはいえ、勇者や魔王十指を瞬殺できるような魔物が、存在するものなのだろうか？

もしかすると、彼女は――。

「……っと、いかんいかん。今はそんなことを気にしている場合ではなかったな」

レイはそこまで考えて、思考を中断する。

そこから先にどんな答えが出ようとも、レイのアイビーに対する感謝の気持ちは変わらない。だからその先の思考に、意味などないのだ。

ブルーノとアイビーが本来であればレイが背負わなければならないものの大半を背負ってくれているおかげで、今の自分はのびのびと動くことができている。

その事実だけで、レイには十分だった。

「準備はよろしくて？」

「ああ、それならこちらから――いかせてもらうっ！」

レイの剣閃が、光の尾を引きながら疾る。

それを迎撃すべく、アイシクルの幻影は硬質化させた己の爪を剣に打ち付けるのだった――。

グリフォン、それは空の覇者とも呼ばれる、一等級の凶悪な魔物だ。

ドラゴンやヴァンパイアと共に魔物の最強種の一画を成している存在であり、本来なら畏怖と共に語られる災厄級の魔物であるはずのだが……グリフォンは時に、人間の味方として描かれることもある。

かつての英雄や勇者と呼ばれる者達の中には、グリフォンにその力を認められ、その背にまたがって空を駆ける存在がいた。

そしが伝説やおとぎ話の中で度々語られるようになったことで、グリフォンライダーであることは一種の権威すら持つようになり、グリフォンに認められた人間は周囲からの尊敬の念を集めるようになっていく。

つまり興味深いことにグリフォンは恐怖の対象でありながら、同時に人間種にとっての光でもあるのだ。

そんな奇妙な存在なのだが……アクープの街で暮らすとあるグリフォンの扱いは、今まで人と共にあったどんなグリフォン達と比べても極めて異質であった。

皆から三下グリフォン兼かませ犬兼愛玩動物として親しまれているグリフォンのサンシタ——彼もまた、自らの殻を打ち破るために扉をくぐり抜けた救世者のメンバーの一人である。

今でこそ街の子供達からおじいちゃんおばあちゃんに至るまで幅広い層からの人気を獲得しているサンシタだが、彼はグリフォンの中では、そこまで耳目を引くような存在ではなかった。

というよりむしろ、彼は他のグリフォン達から明らかに浮いていた。

孤高の存在であるドラゴンとは異なり、グリフォンは比較的社会的な魔物である。

個々が高い知能を持つ彼らはある程度の社会性を持ち、群れを作ったり集団行動を取ったりすることも少なくない。

サンシタが生まれた場所ではボスに率いられた三十匹ほどのグリフォンが洞穴に住み、餌を分け合ったり番《つがい》を組んだりしながら社会生活を営んでいた。

そんな中、サンシタは群れには属しながらも、ほとんど意思疎通をすることもなく常に孤独だった。

どのグリフォンも彼のことを敬遠して、あまり近寄ろうとはしなかったのだ。

その理由は彼の生い立ちに起因している。

——彼は元ボスグリフォンの子供だったのだ。

だが彼の父だった個体は現在のボスグリフォンと戦い、そして殺された。

故に彼は群れ全体から腫れ物のように扱われていたのだ。

本当なら親を殺されたボスを恨んでもいいのだが、幸か不幸かそれは彼がかなり幼生の頃だったこともあり、サンシタに恨むような気持ちはなかった。

むしろ死なないようにしっかりと自分のことを育ててくれたことには、感謝すらしていた。

しかしサンシタにとってその空間は、決して居心地のいいものではなかった。

さりとて親殺しのボスグリフォンを殺せるほどの実力もなかった。

だからサンシタは個体として成熟した段階で群れを、抜けることにした。

《さて……何をしやしょうかねぇ……》

けれど元々我が強い方でもない。

自分でも群れを作ろうなどという考えは、父の悲惨な末路を知れば出てくるはずもない。

故にサンシタは孤高のグリフォンとして、ただ生き物を狩って生き続けることにした。

短いながらも色々とやってきた餌の確保の中で最も効率がいいと感じたのは、人間の荷を狙うというものだった。

人間は殺さずに生かして逃がせば、飽きもせずにえんえんと荷物を運んでくる。

そのやり方に味をしめたサンシタは街道の近くに潜んでは人間の貨物を襲うやり方に味をしめ
――そしてアイビーとシャノンによって、今までにしてきたことの報いを受けることになる。

ボコボコにされたサンシタはアイビーによってテイムされ、そしてブルーノとアイビーの舎弟になり……色々とありながらも、悪くないと思える生活を送っている。

《思えばあっしは、誰かと関わりを持ちたかっただけだったのかもしれやせん》

群れを出てからのサンシタは、意思疎通ができる生き物は殺さず、狩りで殺すのは知能を持たぬ獣じみた魔物に絞っていた。

思い返してみればそれは、グリフォンでなくとも構わないから、誰とでも良いからコミュニケーションを取りたいと思っていたが故の行動だったのかもしれない。

ブルーノの従魔としてアクープの街で暮らすようになってから、サンシタの生活は大きく変わった。

グリフォンとは恐れの対象でありながら、同時に英雄の象徴でもある。

彼は最初、皆から恐れられた。

けれど彼の名前がサンシタに決まってからというもの、なぜか皆がサンシタに対して非常にフレンドリーに接してくれるようになった（もちろん馬鹿にしてくるようなやつらには、それ相応の態度で接していたりもする。無論ブルーノ達に迷惑をかけないように、手加減をした上での話だ）。

殊勝なことだと自分への貢ぎもの代わりの餌をもらったり、撫でさせてほしいという子供達の願いに応えて仕方なく腹部をもふもふさせてあげたり、けれどレイやアイシクルの登場によって立場を脅かされたり……アクープでの毎日は、刺激的で楽しいことの連続だった。

そしてそのお膳立てをしてくれたのは、自分を従魔として登録してくれたブルーノと、自分をボコボコにしてくれたアイビーのおかげだ。

《ブルーノの兄貴とアイビーの姉御には、返しきれないほどの恩ができやした。それにやっぱりあっしは……二人の隣に、立っていたい》

けれどサンシタの中には、グリフォンという魔物の習性も備わっている。

闘争を求める彼の血は、ブルーノ達が赴こうとしている激闘の地へ、自分も交わることを求めて止まなかった。

ブルーノ達の隣に立つため。

彼らの役に立ち、恩を返すため。

そしてグリフォンとして、まだ見ぬ強敵と戦うため。

サンシタは扉をくぐり抜ける。

その先にあったものは――。

《あれ、ここは……》

サンシタがやって来たのは、見たこともない森の中であった。

ただ木々は雑然と無秩序に広がっているのではなく、一定の間隔で規則的に並んでいる。

明らかに人の手が入っている、整えられた森林。

その中央部には、見上げるほどに大きな一本の樹が生えている。

《なんてデカさだ……》

見上げてもまったく先が見えない、あまりにも大きな木。

よく見ると、樹自体が薄く発光している。

ここまで異質な樹は、一度として見たことがなかった。

『みいっ！』

《ア、アイビーの姉御っ!?》

何をすればいいのかわからず途方に暮れかけていたサンシタの目の前に、アイビーが現れる。

ブルーノの時と同じく、後ろ側が透けている幻影体である。

『みっ！』

うっすらと透けているアイビーが、ふよふよと浮かびながら空を飛んでいく。

サンシタはとりあえず、彼女についていくことにした。

整然と樹木が左右に均等に並んでおり、その間の地面は均されていた。

街道とまでは言えないが原始的な舗装がなされている道を進んでいくと、その先にはサンシタを出迎えるためにたたずんでいる一団があった。

《あれは……エルフってやつですかね？》

『みぃっ！』

こくこくと頷くアイビーが、サンシタに先んじてエルフの一行の下へと向かう。

そして何やらやりとりをすると、そのままちょいちょいっと手招きをしてきた。

『サンシタ様でございますね、アイビー様から既に事情は聞き及んでおります』

《このエルフ――直接脳内にっ!?》

普段はアイビーとブルーノ以外とはジェスチャーでやりとりをしているサンシタだったが、目の前のエルフとは何故か意思疎通を行うことができた。

どうやらこれも、魔法の力ということらしい。

『私ハイエルフのアラエダと申します。アイビー様からのお求めに応じ、今日からサンシタ様はこのエルフの里で魔法の訓練に励んでもらいます』

サンシタは一等級の魔物であるグリフォンであり、強靭な肉体や魔法耐性を持っている。

それらは全て内側に秘めている莫大な魔力によって可能となっており、サンシタは魔力を利用することで炎を吐き出したり爪を硬化させたりといった簡単な魔法も使うことができている。

けれど彼は、まだまだ魔力の使い方を真の意味で理解してはいない。

故にアイビーがサンシタの特訓メニューとして用意したのは、エルフの里での、魔法の特訓であった。

《アイビーの姉御、あっしのために……（うるうる）》

『みみっ！』

『頑張ってね！』という感じで手を振りながら、アイビーの幻影が消えていく。

薄くなっていく幻を見ながら瞳を潤ませていたサンシタだったが、一度深呼吸をしながら目を閉じ、そして再度開いた時には、その瞳は決意の炎に燃えていた。

《待っていてくだせぇ！　あっしは絶対――やり遂げてみせます！》

こうしてサンシタもまた、強くなるための日々を送ることになるのだった――。

『昆虫女王《インセクトクイーン》』の異名を持つアイシクル。

彼女が自我を持ってからの時間は、実はさほど長くない。

どこからどう見ても大人にしか見えない彼女だが、実はその年齢はサンシタよりも若く、この世に生を受けてからまだ五年も経過していないのだ。

アイシクルが魔王十指になったのは、実はかなり偶然の側面が強かった。

彼女が他の十指と異なり、他の魔物達と交流を持っていないのは、その生い立ちに起因している。

魔王十指は魔王の爪を飲み込み、それを身体に適合させることで魔王の力の一部を手に入れることで生まれる。

そして死ねば再生を止めていた魔王の爪が再び生えるようになる。

しかし物事には例外がある。

魔王十指になるために魔王の承認を必要としない方法が一つだけあるのだ。

——魔物が魔王十指を直接食べてしまった場合、その魔物が魔王の爪に適合することができれば、魔王十指になることができる。

だがこれを知る人は少ない。

そしてアイシクルはこのやり方で魔王十指の座に収まった珍しい魔物だった。

アイシクルの以前に魔王十指左第三指だった魔物は、既に往年の力を失っていた。

魔王の座を奪い合うために行っていた他の魔物との争いの中でその力をほとんど使いつくし、後は余生を送るのみとなっていたのだ。

魔王も彼には新たな役目を与えようとはせず、余生を過ごすことを許した。

そして天寿を全うし、今、正に死に絶えようというところで……一匹の昆虫型の魔物に食べられたのだ。

その魔物の名は、キラービークイーン。

フェロモンを操り配下のキラービー達を自由に動かすことのできる、三等級魔物である。

鋭い歯を持つその魔物はギチギチと歯を鳴らしながら、魔王十指を生きたまま食らった。

そして——『昆虫女王』アイシクルが生まれたのだ。

アイシクルが自我というものに目覚め、己のアイデンティティを持つようになったのはその瞬間からである。

彼女はキラービークイーンとしてもかなり若い部類であり、魔王十指としては最年少にあたる。

彼女は唯一現在の魔王が魔王となった後に十指になった個体であり、完全なイレギュラーによって生まれた個体だったのだ。

アイシクルは以前にも倍する力を持ちあらゆる昆虫系の魔物を自在に操ることができるようになった。

それはどちらかといえば個ではなく群れとしての強さであり、彼女自身の純粋な戦闘能力は他の十指と比べるとさほど高くはなかった。

序列的には左手指の中では真ん中であるにもかかわらず、その実質的には力は左第二指の『颶《ぐ》風《ふう》』のベルトールにも劣っていた。

ただ強さでは劣っていてもその分だけ柔軟な思考を持っており、良くも悪くも魔物としての常識に囚われない側面も多かった。

魔王十指として、魔王軍を束ねる存在として各地を転戦したこともない彼女は、魔物との交流自体が薄く、通常の魔物ではあり得ないような結論を導き出すことがあった。

そしてそれ故に彼女は、常に孤独であった。

魔王十指であるために魔物からは恐れを持って接されるが……ただそれだけ。

魔物として異質な考え方と、強力な力。

この二つを併せ持つ彼女と共に時を過ごしてくれる存在は、一体としていなかったのだ。

けれど彼女の孤独の時間は、そう長くは続かなかった。

そして常識に囚われない彼女は、ただ一体、魔王十指にもかかわらず人間側の勢力へ加勢することになる。

もちろんそんなことが起こる確率は、万に一つにも満たない極小の可能性の先にある。

そもそもの話、魔王十指をテイムすること自体が不可能なのだから。

しかしながら、アイビーの辞書に不可能の文字はない。

結果として奇跡にも似たアイビーの魔法により、アイシクルへのテイムは成功した。

そしてアイシクルは魔王十指でありながらブルーノとアイビーの従魔になるという、普通であれば屈辱的な状況に陥った。

もちろん最初は憤っていたのだが……そこは良くも悪くも常識に囚われない彼女だから、順応するのも非常に早かった。

そこから先の彼女の日々は、魔王十指として魔物達からは恐れられてきた頃では想像もつかないほどに、穏やかで健やかなものに変わっていく。

アイシクルのことを怖がる人はほとんどいなかった。

サンシタ然りアイビー然り、インパクトが強い魔物が大量に出過ぎているせいでアクープの人間の感覚が完全に麻痺していたのだ。

おかげでアイシクルは人型の魔物として、実にあっさりと受け入れられることになる。

そして昆虫型の魔物であれば自由に動かすことができるという才能に目をつけたのが、エンドルド辺境伯とゼニファーである。

二人との共同開発でアイシクルはキラービーに本来であれば蜜を収集しない花からも蜜を取らせるようにすることで、魔糖蜜の甘さを自由にコントロールすることを可能にしてみせたのだ。

糖度を上げることも下げることも可能になったことで、エンドルド辺境伯領では用途に応じて使い分けることのできる魔糖蜜が新たな特産品になった。

実力主義の街であるアクープは、結果を出したものには非常に寛容だ。

元々の容姿が人間目線ではかなり整っていたこともあり、アイシクルが人気になるまでにはさほど時間はかからなかった。

アクープでの日々は、アイシクルが人知れず求めていたものであった。

故に彼女は人間により強い親しみを持つようになっていく……人を守るためならば、その力を魔物にも振るうことを躊躇いはしなくなるほどに。

そんな彼女は、あのレイ達との共闘以来自分の実力不足を痛感していた。

戦闘面以外で役に立てるところはたしかに多かったが、彼女も元はキラービークイーンであり、そして魔王の爪を飲み込んだ魔物のうちの一体である。

以前言っていた強くなりたいという気持ちや、他の魔王十指を追い越したいという気持ちに、決して嘘はないのだ。

故にアイシクルは、魔王十指として、そして同時に救世者の一員として、強くなることを求め扉をくぐった。

優雅に空を飛びながらドアの向こうの世界へと向かったアイシクルの先に待っていたものとは――。

「あら、ここは……？」

アイシクルの視界の先に広がっているのは、見たことがないほどにおどろおどろしい雰囲気をした空間だった。

空は紫色に濁り、地面には青と茶の交じったような毒々しい沼地が広がっている。

全体が瘴気とでも言うべき濁った空気に満ちていて、過ごしているだけで気分が悪くなるようだった。

「め、目がっ！　目が染みますわぁっ！」

どこからかやってきた煙を顔に浴びて半泣きになるアイシクルが力を発動させる。

一瞬身体が光に包まれたかと思うと、次の瞬間には身体の皮膚や甲殻を自在に操る力を使い、即席のガスマスクを作ってみせた。

「ふぅ、なんとかなりましたわね……」

『みいっ！』

「――って、アイビーさん!?」

当座をしのぎホッと一息ついていたアイシクルの目の前に、透け透けアイビーが現れる。

彼女の説明を受けて、アイシクルはふむふむと頷いた。

「なるほど、フェロモンを自在に使いこなして、ここの魔物達を私の傘下に置けばいい、ということですわね」

アイシクルが出すことのできるフェロモンは、昆虫型の魔物を自在に操ることができる。

けれど実はこの力はまだ全体の一部でしかない。

彼女が食べた魔王十指の能力は、あらゆる魔物を己の指揮下に加えることができるというものだった。

つまりアイシクルは、キラービークイーンだった頃の延長線にある力の一部しか使いこなすことができていないのだ。

彼女の修行内容とは、前の十指が持っていた魔物を自在に指揮下に加える能力と更に自分の持つフェロモンの力を使いこなすことで——あらゆる魔物を、自分の意のままに動かすことができるようにするというものだ。

もしそれができるようになれば、アイシクルの戦闘能力は格段に向上することになる。

流石に戦う魔王十指を自在に操ることはできないだろうが、それでも動きをある程度制限することならできるようになるかもしれない。

そして彼女一人では勝つことができなくとも、強力な魔物達を多数従えることで群れとして挑み、勝利を摑む。

それこそ自分の目指すべき到達点だ……そうアイシクルは確信する。

「待っていてくださいまし、皆様方……私だって、やればできるってところを、お見せ致しますわ！」

アイシクルはその翅を羽ばたかせながら、周囲の魔物を己の制御下に置くため、フェロモンを振りまくのであった——。

一等級冒険者、シャノン。

彼女の来歴は、他の救世者のメンバーと比べるとそこまで波乱に満ちたものではないかもしれない。

田舎の寒村に生まれた彼女は身分に関係なく、腕っ節さえあれば英雄にだってなれる冒険者になることを夢見ており、そのまま周囲の反対を押し切って田舎を出た。

やってきた時の彼女は、どこにでもいる普通の冒険者志望だった。

取り立てて特別な才能があるわけではなく、魔法の才能も皆無に等しい……その能力値も、普通の一言だった。

冒険者になりたての彼女を見てその才能を見抜けた人間は、恐らくほとんどいなかったことだろう。

冒険者になった人間の末路は、基本的には悲惨なものだ。

分をわきまえず夢破れ道半ばで倒れるか、それとも志半ばにして自らの限界に気付き諦めてしまうか……現実と直面しても夢を見続けることができる人間は、ほんの一握りだ。

けれど彼女は、そんな風にわずかに生き残るその一握りの中に入ってみせた。

最初は鈍足だったものの、途中からはその実力をメキメキと上げて頭角を現していき……あっという間に一等級冒険者への階段を駆け上がってみせた。

もちろん運も良かったのだろう。

だが彼女には実は、運を引き寄せる方法があったのだ。

シャノンには、人に言っていないとある秘密がある。

——彼女は自身の直感に従って間違ったことが、今まで一度もないのだ。

果たしてこの依頼を受けるべきか。

どちらの道を進むべきか。

手に入れた魔道具を、己の身体に埋め込んでもいいものか。

些細なことから、自身の一生を左右するほどに重大なものまで、どんな問いにも彼女は直感で答えを出す。

常人であれば悩むであろう問題の前にあっても、シャノンは傍から見ていて恐ろしいまでの即断即決をして、更に恐ろしいことに常に正解を選び続ける。

彼女はその異能とも呼ぶべき力を遺憾なく発揮させながら、全力疾走を続ける。

シャノンは決して悩まない。

ただ自分がしたいように、自分の直感に従って動く。

命の危険と天秤にかければ断るべきだったグリフォンをどかす緊急依頼を受けたのも。

ブルーノ達と行動を共にして戦地へと向かったことも。

そして今こうして、躊躇なく扉を開いているのも。

全ては自分の直感に従ったまでのこと。

故にシャノンは気負わない。

果たして彼女を待ち受ける試練とは――。

「ここは……山、かな？」

ドアをくぐってからシャノンが意識を覚醒させると、そこは岩肌の露出している山の斜面だった。

高度の高いところにいるおかげで、自分がどこにいるのかはすぐに理解することができた。

どうやらここはいくつかの山が連なっている連峰のようで、目の前には山頂が見えている小ぶりな山がいくつも連なっているのが見えた。

「これは……」

シャノンが手を出すと、その上に白い何かが落ちてくる。

一瞬雪かと思ったが、触れても冷たさを感じない。

シャノンは実物を見たことはなかったが聞いたことがあった。

火山は噴石だけではなく、細かい白い灰のようなものも噴き出すことがあるのだという。

だとすると目の前の白いこれは、火山灰というやつなのだろう。

「とすると近くに……」

見下ろせる位置にある連峰のうちの一つに、明らかに周囲と一線を画している山があった。

ドロドロと真っ赤な溶岩をゆるやかに噴き出しながら燃えるように煙を吐き出している。まず間違いなく、今も活動している活火山だろう。

目を凝らしてみると、その山頂に二つの影が見える。

そのうちの一つはアイビー、そしてもう一つは――。

「何、あのドラゴン。あんな大きいの、見たことない――」

小山ほどのサイズがある、馬鹿げた大きさをしたドラゴンだった。

その全身は白色なのだが、よく見ると鱗の一枚一枚に薄い虹の膜がかかっている。

自分がもし名付けるなら、パールドラゴンかな。

そんな風にどこかのんきに考えながら観察していると、シャノンの視線に気付いたからか、二体が彼女の方を向く。

そしてアイビーはふよふよと浮きながら、巨体なドラゴンは翼をはためかせながらこちらに飛んできた。

シャノンが今までに見たことがあるのは、ドラゴンの中では最下層にあたるワイバーンやデミドラゴンと呼ばれる存在だけだ。

故にこちらに迫ってくるドラゴンが、とても美しく見えた。

『アイビー様、こちらの人間が……』

『みぃっ！』

ドラゴンの視線がシャノンを射貫く。

その鋭い瞳には人間にも負けぬほどの……いや、人間すら凌駕しかねないほどに理知的な光が宿っていた。

『シャノン殿、でよろしいか？』

「はい、シャノンと言います。よろしくお願いします」

普段は誰に対してもざっくばらんな態度で通すシャノンだったが、彼女の直感は告げていた。

目の前のドラゴンを、決して無下に扱うようなことがあってはならない……と。

『アイビー様たっての願いということで、私が貴方に稽古をつけましょう。我は古代七竜が一柱、魔導竜のフラムと申す者』

「こ、古代竜……冗談、じゃないのよね……」

ドラゴンにはいくつかの等級がある。

まず始めにワイバーンやデミドラゴンなどが列せられる最下級の亜竜。

次に一般的に伝えられている魔物としてのドラゴン。

更にその上に、属性竜、古代竜と続いていく。

属性竜から上のドラゴン達は寿命という概念を超越する完全生命体であり、実在しているのかも定かではない竜達の住まう山、昇竜山《しょうりゅうざん》にて俗世と関わることなく生活を送っているらしい。

中でも古代竜というのは、存在すら危ぶまれているほどに人目につくことのない存在だ。

古代竜とはその存在自体がおとぎ話の類であり、寓話でしか聞くことがないような伝説上の生き物だ。

シャノンも目の前の竜の尋常ではないプレッシャーを浴びてなお、信じ切れないほどに。

(でも古代竜とアイビーが……どうして顔見知りなの……?)

色々と気になるところはあったが、そんな思考はフラムを名乗る古代竜の圧倒的な存在感の前に一瞬で霧散した。

「なんでも魔王の配下を倒したいとか。安心されよ、私の下につくからには配下とは言わず、魔王に一矢報いることができるまで育て上げてみせましょうとも」

「お、お手柔らかにお願いします……」

こうしてシャノンは人類史史上初めて古代竜の弟子となった。

その結果や、いかに——。


元聖女であったマリアと、その護衛であるハミル。

二人が扉をくぐった理由は、それぞれ違っている。

マリアという少女は、いつでも誰かの平和を願っていた。

元聖女というのは伊達ではなく、彼女は性根からして温和で他人のために動くことのできる女性だ。

それ故に彼女がアイビーに言われるがまま扉を開いた理由も、非常にシンプルだ。

マリアは救世者のメンバーとして港町のうちの一つに出向き、そこで傷ついている冒険者や騎士達を癒やした。

けれどそこで彼女は、自分の限界に歯がみすることになったのだ。

当然ながら、助けられない命があることを目の当たりにするのは初めてのことではない。

そもそもの話、人ができることに限りがあり、全てを救うことができるのは神のみに許された御業であることは、マリアも承知の上だ。

けれど彼女は今までと同じように強い悲しみを覚え……そして同時にセリエ宗導国で聖女として活動をしていた時には感じなかった、強い焦燥感を抱くことになる。

その一番の原因はやはり、アイビーとブルーノという彼女以上の回復魔法を使うことのできる存在が身近にいたことにある。

自分にもまだのびしろがあるのではないか？

もっと多くの困っている人達を助けることができるのではないか？

大きくなっていく自分の心の中の思いを、だんだんと抑えることができなくなっていく日々の中で現れた、絶好の機会。

それにマリアは、一も二もなく飛びついたのだ。

そしてマリアに常に付き従うハミルの思いも、非常に単純だ。

――マリアと共に歩いていく。

彼女の気持ちは、その一言で言い表すことができる。

たとえそれがマグマの中であろうと、光届かぬ水の中だろうと。

故にそれがどれだけの危険を孕んでいようが、それはハミルの足を止める理由にならない。

ハミルは以前、暗殺者であった。

とある組織に属していた彼女は無事に対象を殺すことには成功したのだが、そこで下手を打って反撃を受け、死にかけたのだ。

瀕死の状態のハミルの前にふと通りかかり彼女を助けたのが、誰であろうマリアだった。

その清らかな精気に当てられ、ハミルは光の道を進もうと決める。

そして闇の世界から足を洗い、自分を助けてくれたマリアと共に生きることを誓ったのだ。

マリアとハミル。

元聖女であるためその善性を捨てきることができなかった少女と、彼女と共に歩むことを決めた闇の戦士。

二人を待ち受ける試練とは――。

「ここは……」

マリアがやって来たのは、なんと名状すればいいのかわからない、見たこともないような空間だった。

世界そのものが色を失い、真っ白になってしまったかのような空間が、見渡せる限りの視界に広がっている。

青く澄んでいる太陽の光が降り注いでいるおかげで無機質な感じはなく、どこか温かみを感じさせるようになっていた。

「これは……結界魔法の気配？」

セリエにおいて熟練の魔法使いとして活動してきたマリアは、この空間そのものから濃密な魔力を感じ取ることができた。

抵抗することすらばからしくなるような、とんでもない量と密度の魔力だ。

そしてその魔力が、凝集するように一箇所に向かって指向性を持って動いている。

マリアはまるで吸い込まれるように、その場所へと歩いて行った。

そこに立っていたのは――白亜の神殿だった。

後ろにある背景と同じく純白であるにもかかわらず、しっかりと見て区別することができるのは、その神殿が宿している聖性の高さによるものだろう。

神殿は魔物や邪な気持ちを持つ者は足を踏み入れることすらできないような神聖なオーラを纏っ

ていた。

マリアが近付いていくと、そこにいくつもの人影があることに気付く。

「あら、ようやく来たのね？」

「む、魔力が少ないな……」

「最近の世界はたるんでるのねぇ、私が現役だった頃には……」

赤い髪を腰の辺りまで伸ばした女性、短い青髪を刈り上げた女性、優しそうなたぬき顔をした茶髪の女性……合わせて十人近くの人間がいたが、その全てが女性であった。

しかも全員、とんでもない美人だ。

また、その身体から発されているオーラも並大抵のものではない。

一人一人が練達の魔法使いであり、その力の前にマリアは思わず喉の奥をひくつかせた。

『みぃっ！』

と、そんなところに現れたのは半透明のアイビーだ。

なんでも彼女の粋な計らいで、マリアは彼女達から教えを請えることになったらしい。

「そもそもここはどこなんでしょうか……？」

「ここは次元の裂け目……簡単に言えば生と死の境界線上にある、いくつもの世界のうちの一つだよ」

説明を受けてもイマイチぴんとこない。

だが目の前にあるものこそが真実だ。

アイビーが自分のために、彼女達に渡りをつけてくれたのだ。

それならばなんとしてでも、その期待に応えなければならない。

そう覚悟を決めていたマリアの耳に聞こえてきたのは、聞き慣れているとある単語だった。

「私は三代目聖女のミザリー、聖魔闘術なら任せてね！」

「六代目聖女のヘナリア、結界魔法なら誰にも負けない……」

「ちょ、ちょっと待ってくださいまし！　もしかしてあなた方は……」

慌てた様子で割って入ってきたマリアを見て、全員が頷く。

彼女達の様子を見て、マリアはなぜアイビーが自分をここに連れて来てくれたのかを、真の意味で理解することができた。

「そう、私達は――歴代の聖女よ。今から何千年も昔……まだあなたがいた国ができる前にいた、信仰ではなく力で己の存在を世界に認めさせた、本物の聖女」

「本物の、聖女様……」

聖女の伝説は、各地に伝承として残っている。

それを聞いてマリアも、このような聖女になることができたらと何度も思ったものだった。

「次元の裂け目でこうして無為に時間を過ごすのも飽きた。それにそろそろ、時代も動き私達の役目も終わる」

「それならせめて誰かに自分達の技を継承させたいと思うのが普通じゃない？　それくらいのことはしても、罰は当たらないもの」

マリアは未だ聖女として未熟だ。

というか、彼女達から言わせればマリアはまだ聖女ですらないらしい。

そんなことを言われても、マリアは大して気にはならなかった。

というのも目の前の聖女達に、マリアのことを侮るような気配がみじんも感じられなかったからだ。

それどころか彼女達は、娘を見守る母のような優しい目をしながらマリアのことを見つめていた。

「安心しなさい。あなたには私達がついているから」

「決して仲間達に見劣りしない戦士に育ててあげる」

「あ……ありがとうございます！」

本当は戦士にはあまりなりたくなかったが、ここにきて贅沢は言っていられないとマリアは聖女達から教えを受けることになる。

こうしてマリアは次元の裂け目にて悠久の時を過ごすかつての聖女達から、その技を直伝させてもらうことになるのだった——。

「マリア様ーっ！　マリア様あああああああああっっ!!」

ドアの向こう側へとやってきたハミルは、半狂乱な状態になっていた。

傍から見ると完全にキマッているようにしか見えない彼女は、持っている針を振り回しながらひたすらにマリアの名を叫ぶ。

マリアにドアを開いてもらい中へと入ったところまではキリリとしていたのだが、ハミルはすぐ側にマリアがいないと途端にポンコツになる。

絶対的な服従心というのも、考え物なのかもしれない。

「ぜー、はー……うむ、少し落ち着いたぞ」

マリアがいなくなったことによるストレスを叫んだりものにあたったりしながら過ごしているうちに、ようやく少しだけ落ち着いてきた。

何かあればまた暴れ出しかねないギリギリの状態で、ハミルは改めて今自分がどこにいるのかを理解することにした。

「ここは……倉庫の中か？」

ハミルがやってきたのは、薄暗いレンガ造りの倉庫の中らしい。

備え付けのランプが薄くあたりを照らしているおかげでなんとか周囲の状況は確認できるが、かなり暗い。

「む……傷がまったくついていないな」

ハミルは自分でも少し恥ずかしくなるくらいに動揺して暴れ回ったのだが、部屋の中にはまったくと言っていいほどに傷がついていない。

どうやらかなり頑丈な造りになっているようだ。

壁伝いに歩いていくと、壁に何かがかけられているのがわかる。

手に取ってみるとそれは、鞘に入った直剣だった。

柄拵えは見事なもので、魔石がちりばめられているにもかかわらず握っても違和感がない。

名匠の腕を感じさせる逸品だった。

ただ、その鞘からは黒色のオーラが漏れ出している。

そして鞘越しに握っただけで、その剣はハミルの脳裏に直接語りかけてきた。

『恨め、憎め……』

「なるほど、呪いの武器か……」

呪いの武器とは、死後の怨念が武器に込められることで誕生するマジックアイテムの一つである。

人間の怨念が込められているために効果は強力なものであることが多いが、強い情念が呪いという形で込められているが故に扱いが難しく、耐性のないものは呪いの武器を扱うことができない。

それどころか逆にとりつかれてしまい、呪いの武器の意のままに動くだけの存在となることも多いのだ。

けれどハミルは呪いの武器を持っても大して気負った様子もなく……そのまま剣の柄を握り、抜いてみせた。

「ふむ、悪くないな」

ハミルはそのまま剣を振りながら、その取り回しを確認していく。

彼女の現在の得物はとある魔物の牙を使った巨大な白い針である。

だが実はこの針自体、呪いの武器だ。

そして彼女が現在着用している、血管のような赤い線の走った黒色の鎧――これもまた、呪いの武器の一つだ。

実はハミルは呪いの武器に込められた呪いを御することのできる、特異体質を持っている。

そもそも彼女が暗殺者集団に引き抜かれることになったのも、この特殊な能力を認められたからである。

故にハミルの戦い方は常に、呪いの武器を利用したものとなる。

呪いの武器はどれもこれもピーキーな性能をしたものが多く、それ故に彼女は今までに何回、何十回と扱う得物を変えてきた。

どんな武器であっても、一通りは扱うことができるのである。

ハミルはそのまま壁に掛けられている武器を物色し、更にその先にあった箱を開けてみる。

するとそこには、今まで何十という呪いの武器を見たハミルですら冷や汗を掻くような、おどろおどろしい一本の鉈が置かれていた。

「ここは呪いの武器を扱う武器庫か。ずいぶんと酔狂な……」

呪いの武器の保管は容易ではない。

新たな宿主を目指して呪いの武器が勝手に出て行くことも少なくないし、呪い同士が共鳴し合うことで予想外のシナジーを発揮して武器庫ごと吹き込んだりすることだってある。

何が起こるかがわからないため、取り扱いには細心の注意を払わなければならないのだ。

しかしこの武器庫は、恐ろしいほどに調和が取れており、少なくとも呪い同士が干渉し合うことがないように配置されている。

恐らくはよほど、呪いの武器に精通した人間が作ったのだろう。

『みいっ！』

呪いの武器を検分しているハミルの前に、半透明のアイビーが現れる。

彼女が指し示す先に行ってみると、そこには周囲と何も変わらぬように見える壁があった。

しかしよくよく観察してみると、そこからはわずかな冷気が漏れている。

レンガをくまなく調べていくと……ガコンッ！

秘密のレンガを押すと隠し通路が現れる。

梯子状になっている階段を下っていくと、そこには見たこともない魔法陣の描かれた台座があった。

アイビーの指示に従いそこに座ってみると……。

『殺せ、あんな若くて頭の悪い女に誑かされたあのバカ男のウィリーを殺せ！』

先ほどまでは漠然とした指示に過ぎなかった呪いの声が、はっきりと聞こえるようになる。

この台座は呪いの武器の残留思念と使用者の間にパスをつなげる役割を果たしているらしい。

「なるほど、これを使って呪いの武器との対話をしろということか……」

呪いの武器が、他のマジックウェポンと比べて大きく違う点がある。

――呪いの武器は必要な材料や要因を揃え、呪いを強めることができれば、武器として進化させることができるのだ。

そのために呪いの武器の強さには限界がないという人間も多い。

ハミルが使っている針も、実は一度進化したことのある呪いの武器である。

未だ自分でも知らぬ大量の呪いの武器達と、呪いの武器の進化のために必要な武器との対話を可能とさせる魔法陣――これがあればハミルは、今とは比べものにならないほどの力を手に入れることができるようになるだろう。

やってやる、とキリリとまなじりをつり上げる彼女だったが……ふと何かを思い出したように、その顔が急に不安げなものに変わる。

徐々に身体が薄くなっていくアイビーの身体をがっしりと摑もうとするが、当然ながら彼女は幻影なので触れることはできず、スカッと身体を通り抜けてしまう。

ずっこけて顔面から床に激突したハミルは、起き上がりながらアイビーの方を見上げる。

「なぁ、アイビー。マリア様には……マリア様には会えないのかっ!?」

『みぃぃ……』

マリアのことになるとすぐにポンコツになるハミルを見て、アイビーは処置なしとばかりに首をすくめながら消えていくのだった。

そしてハミルはマリアに会えないストレスを解消するために、ありえないペースで呪いの武器との対話を進めていくのだった――。


魔王が魔物達と共に暮らしている魔王島。

岩礁を超えて上陸し島の中央へと進んでいけば、生き物を拒絶するかのような毒の霧はどんどんと濃くなっていく。

更に先へ進めば霧はある地点ですっかり消えてしまい、鬼の顔のような形をした山である鬼岩山《きがんざん》が見えてくる。

そしてその頂上、断崖絶壁にそびえ立っている城こそが、魔王城。

その城の偉容は人間の王たちが暮らす宮殿に勝るとも劣らない。

魔王城は全七階建てになっており、その内側には強力な魔物達が大量に住んでいる。

一階、二階、三階……と上れば上るほどに魔物達は強くなっていき、各階の最奥にある階段の前には魔王十指達が詰めている。

六階の上にある最上階に住まう者こそ、魔物の王であり、現在各地で起こっている魔物の凶悪化の原因である、魔王である。

その姿を見たことがある者は、魔物であってさえほとんどいない。

というのも今代の魔王は、ほとんど人前に姿を現すことがなかったからだ。

歴代の自己顕示欲の強い魔王達とは異なり、今代の魔王は自身ではなくその手足である魔王十指にほとんど全ての裁量を預け、自身はまったくと言っていいほどに魔王城を出ることがなかった。

故にその姿や存在を知っているのは、魔王十指の中でも特に信頼の篤い、魔王十指の右手指達に限られている。

更に言えば、魔王十指の中でもまったく動かない者達も多い。

魔王の恐ろしさを積極的に喧伝しようとしている左手指達とは違い、右手指達は魔王と同様に、俗世とあまり深い関わりを持とうとしていなかったのだ。

魔王や右手指達が何を考えているかはわからない。

ただ一つたしかなことは、魔物の被害は着実に大きくなりつつあり、このまま座視しているだけでは維持することすら難しくなるほどに国が疲弊していくであろう、ということであった。

『このままでは魔物が強力になっていき、一年以内に人間勢力に壊滅的な被害が生じることになる』

ゼニファーがイリアス王国国王ヴェント二世とセリエ宗導国現教皇であるラドグリオン七世と連名で出したこの声明は、世論に大きな波紋を呼んだ。

波紋を呼んだのだが……実際にこの声明で、人間の諸勢力が完全に一つにまとまるようなことはなかった。

「イリアス王国はつい先日まで、勇者であるレイの存在を隠していたではないか！」

「そんな国の言うことを信じることはできないし、従う義理もない！」

つい先日、魔王十指達がやられたことによって裏工作が立ち消えになり、結果として国力を落とさずにすんでいた帝国。

魔物の凶悪化によって武器の売買でより多くの利益が出せるようになっている協商連合。

この二国が中心となって反イリアス王国派とでもいうべき派閥が生まれてしまい、魔王討伐に対して否定的な姿勢を示す勢力が多数生まれることとなる。

結果としてヘンディア大陸の人間勢力はほとんど真っ二つに割れてしまい、むしろ以前と比べて小競り合いの頻度は増え、魔物相手に振り分けることができる兵力が以前より減るというのは本末転倒というか、なんとも皮肉な話である。

皆に協力を呼びかけるように各国を巡っていたレイだったが……彼女の足取りは、ある日を境にパタリと追うことができなくなっている。

勇者が世界を見放したのか、魔王討伐派だけで軍を組んで王国は魔王討伐の栄誉を独り占めするつもりではないのか……などと、世界中で様々な人間が、様々な噂を口にしていた。

けれどその中のどれ一つとして、的を射たものはなかった。

——彼女が力をつけて、魔王に挑もうとしているなどと。

That turtle,
the strongest on earth

第五章
いざ、魔王城へ！

魔王城の周辺には、強力な魔物達が住んでいる。

そこでは独自の生態系が発展しており、弱いものでも三等級、そして中でも強力な魔物の中には一等級の魔物も存在している。

「ガルウウウッッ！」

二等級魔物であるストームウルフのボスが、その周囲に竜巻を発生させる。

味方の群れを覆うように発動した暴風が、周囲へと風の刃を振りまいた。

「「グアアアッッ!?」」

ストームウルフ達を囲み、追い詰めたと慢心していた三等級魔物である鎧鬼《よろいおに》達が血しぶきを上げながら吹き飛んでいく。

「アオオオンッ！」

そしてボスの命令に従い、ストームウルフ達が鎧鬼達にトドメをさしていく。

新たな餌を得ることができて歓喜する狼達だったが……餌に夢中に食らいついた彼らもまた、慢心のツケを払うことになる。

「アンギャアアアアアオッ!!」

やってきた一等級魔物——魔力含有金属を体表に纏ったアダマンタイトティラノが、捕食している鎧鬼ごとストームウルフたちもまとめて咀嚼していく。

その速度は俊敏な狼すら容易く捕らえてしまうほどで、ストームウルフ達はなすすべなくやられていく。

「ガルウウッッ！」

群れのボスが再び竜巻を発生させるが、アダマンタイトティラノは体表に若干の傷をつけながらも竜巻の中をずんずんと歩いて行き、ボスを一息に噛み殺してしまった。

二等級魔物ですら捕食者に容易く殺される過酷な環境下。

ここを容易く超えることができるものでなくては、魔王城へやってくることはできない。

ふよふよ、ふよふよ……。

まるで風船のように、軽やかな動きで空中を動く一匹の亀の姿がある。

その亀は他の魔物に気付かれることもなく重力魔法で宙へ浮かび……魔王城の前で着地をした。

するとその存在に、この生態系で頂点に君臨するアダマンタイトティラノが気付く。

「ギャアアアアアオオッッ!!」

また新たな餌がやってきたと、ティラノがその顎を大きく開く。

三重にぎっしりと並んだ歯が亀を食べるか……と思われたその時。

亀の前に、突如として六つの扉が現れる。

そして扉はひとりでに開いていき——その中から六人の男女と、一匹のグリフォンが現れる。

口を大きく開いていたティラノはそのままとめて全員を食らおうとするが……。

「マリア様、ここは私が——黒薙《くろなぎ》」

ティラノ目掛けて、真っ赤な鎧を身に纏ったハミルが得物を振るう。

その手には、馬鹿げたほど大きな刃渡りをした深紅の鉈が握られていた。

一閃。

黒いオーラを纏ったその一撃が、大きく開かれたティラノの口腔へと放たれ……そのまま体内を貫通していった。

「ギャ……オ……」

アダマンタイトティラノは、自身に何が起きたのかも理解しないままにその命の火を消した。

武技による一撃を放ったハミルが、くるりと振り返る。

するとそこには——数ヶ月前より遙かに精悍な顔つきになった、救世者のメンバーの姿があった。

その中心にいるブルーノが、肩に乗ったアイビーを撫でてからくるりと周りを見回す。

「よし——行こう、魔王城へ」

ブルーノに頷きを返し、救世者は魔王城へと向かう。

この世界の命運をかけた最終決戦が、誰に知られることもなく、始まろうとしていた——。


あの扉をくぐってから、早いもので三ヶ月近くの時間が経過していた。

修行の第一段階を終え、第二段階も無事にクリアし、本気のアイビーとなんとか戦いながら第三段階へ至り……その後はずっとアイビーとマンツーマンで戦い続けていた。

本気のアイビーは、やっぱりすごかった。

けれど頑張ったおかげで、今の僕は彼女に食らいつくことくらいならできるようになっている。

もちろん勝てるかどうかと言われたら難しいけど……彼女が仲間で本当に良かったと思う。

僕相手に訓練をしている間もアイビーは他の救世者のメンバー達の面倒までしっかりと見てくれていた。

たまに様子を聞いたりしていたんだけど、皆もそれぞれ大変な特訓をしながらも頑張っているらしいことはすぐにわかった。

皆遠い地で同じように頑張っていることがわかったから、つらい修行にも耐えられた。

その結果が実ったのかどうかは……これから確認していかなくちゃだ。

でも……再会するのが魔王城だとは、流石に思ってなかったけど。

僕はなんだか様変わりした様子の皆と一緒に、魔王城の中へと入っていく。

《あっしに乗ってくだせぇ！》

「……うん、わかったよ」

キリリとした様子のサンシタは……なんだか全体的に前よりも傷だらけになっている。

けれど彼を見ても痛々しいという印象はまるでなくて、頼もしさが以前より増している気がした。

体格も前より一回り大きくなっているようで、僕を乗せてもまったく苦にする様子がない。

魔力を上手く隠す術を覚えたからか、身体から漏れ出る魔力の量は以前よりも減っている。

けれどその実力は、間違いなくとてつもなく上がっていた。

《食らうでやんす》

サンシタが魔法陣を生み出し、シングルアクションの魔法が飛んでいく。

今までは牽制程度の威力しかなかったはずの一撃が、容易く一等級の魔物達すら蹴散らしていく。

《ブルーノの兄貴とアイビーの姉御は、ギリギリまで力を温存しなくちゃなりやせん。つゆ払いはあっし達の役目です》

サンシタの駆けるペースは以前の全力疾走よりも速い。

けれどシャノンさんもレイさん、アイシクルにハミルさん、武闘派ではないはずのマリアさんまで、皆しっかりとサンシタの後をついていく。

そして走っても、まったく息が切れる様子もない。

アイビーが魔法を使ってくれているおかげで、中へ入った段階で魔王城のマッピングは終わっている。

なので僕らは最短距離で、上り階段へと到達することができた。

そして当然ながら、階段の前には一体のモンスターがいる。

普通の魔物だけを蹴散らせばいいかと思っていたけど……どうやらそこまで簡単にはいかないら

しい。

「ふしゅるぅぅ……ふしゅ、ふしゅ」

そこにいるのは、縦にも横に大きな化け物だった。

全身は脂肪のようなドロドロに包まれていて、呼吸は荒く、口から吐き出す呼気は緑色をしている。

手には虹色に輝く棍棒を持っていて、いかにもパワータイプといった見た目をしている。

その魔物は僕らがやってくると、その濁った瞳をこちらに向けてくる。

「お、おでは魔王十指、左第五指のマッシュ……いざ、じ、尋常に勝負、なんだな」

「ブルーノさん」

「ここは、我らが」

そう言ってサンシタに乗った僕の前に立ったのは、マリアさんとハミルさんだった。

マリアさんは見たことがない真っ赤な修道服を身に着けていて、ハミルさんは以前着けていた鎧をグレードアップさせたような赤と紫が交じり合ったような鎧を身に着けている。

「うん、任せました」

僕はそれ以上は何も言わず、ただ頷いた。

これから先、恐らく一階上に上がるごとに魔王十指が待ち受けていることだろう。

それら全てに勝った先に、魔王との戦いが待っている。

順番はどうであれ、激戦は続くに違いない。

それなら恐らく一番体力がないであろうマリアさんが最大の力を発揮できるのは、この場所になるはずだ。

僕らが階段を上っていこうとすると、魔王十指のマッシュがそれを塞ぐように身体を動かしてきた。

「さ、させないんだな」

マッシュがこちらに棍棒を振りかぶり、そのまま振り下ろした。

その大きな図体からは想像もつかないほどのスピードで放たれる、亜音速の一撃。

全てがミスリル製でできているのであろう、その虹色の棍棒を見ても、僕らは誰一人として恐れることはない。

ガイインッ！

「な……っ!?」

ハミルさんはその振り下ろしを真正面から受け止めてみせる。

その身体は、うっすらと白く光っている。

マリアさんが身体強化の魔法を発動させているのだろう。

僕らは戦い始めた二人の間を抜けるようにして、階段を上っていく。

「皆様、ご武運を——」

マリアさんの言葉を聞きながら、僕らは二階へと突入する——。

「行かれましたね……」

階段を上る硬質な靴の音を聞きながら、マリアは少しだけ遠い目をする。

マッシュの攻撃を直に受けてその顔が見えないハミルが、思い切り鉈をかち上げる。

重心がわずかに浮いた隙をつきながら、マリアの隣に立った。

「こいつを倒したら、我らもすぐに後を追いかけましょう。我々にもできることはあるはずですから」

「そうですね……戦いで傷ついた皆様を癒やすのは、我々の役目です」

マリアがここで最初に離脱することを選んだ理由は、何も彼女に体力がないからだけではない。

これから先も続く激戦で、恐らく救世者のメンバーは苦戦を強いられることになるだろう。

そして傷ついて満身創痍である彼らをそのままにして、魔物の餌にするわけにはいかない。

故に彼女達はブルーノ達の後を追いながら、他の魔王十指と戦い傷ついているはずのメンバー達を癒やしていこうと考えているのである。

後ろから追いかける分には、ブルーノ達が進むのを邪魔することもない。

もちろん他の魔王十指にメンバーがやられれば自分達もやられることになるだろうが……マリアはそんなことは、まったく気にしていなかった。

「ぶ、ぶつぶつうるさいんだな！　頭がわれる！」

ハミル目掛けて振り下ろされる棍棒の一撃。

彼女はそれを鉈で受ける。

今度は武技を使わず、純粋な力比べをする形になった。

「流石魔王十指というべきか……腕力だとわずかに劣るようだ」

けれどマッシュが放つ攻撃は技の伴わない、速度と質量に飽かせた一撃だ。

ハミルはその一撃を時に流し、またある時は真っ正面から受け止めながらも、しっかりと攻撃を捌ききっていた。

「黒薙」

呪いの武器との対話を続けることで、彼女のメインウェポンは針から鉈へと変わっていた。

今ハミルが持っている武器こそ、彼女が現在扱うことのできる最強の呪いの武器である首狩り鉈、紅眼女王《ベリルクィーン》。

あの呪いの武器庫で邂逅してから既に二回もの進化を遂げ、完全に別物へと生まれ変わっている。

その大きさは大剣に匹敵するほどで、刀身だけで軽く一メートルは超えている。

刀身は赤と青と紫で構成されており、元の名残を残すように柄は光を吸い込むほどの漆黒だ。

鋩の中央部には名を冠する由来となった真っ赤な宝玉が埋め込まれており、そこから導線が走るように赤と青の魔力線が刃先へと続いている。

ハミルが放つ武技を中央にある宝玉が増幅し、更に動脈と静脈を思わせる魔力線がその補助を行う。

そのおかげでハミルの放つ武技である黒薙の威力は格段に向上していた。

武技を使えば、パワー勝負でもハミルの方に分があるほどに。

「黒薙」

黒薙は武器に闇のオーラを纏わせる武技である。

斬撃の威力を向上させるだけではなく、オーラを飛ばせば遠距離攻撃としても使うことができる使い勝手の良い技となっている。

ハミルが紅眼女王を強く振り、斬撃を飛ばした。

すっぱりとマッシュの肩の肉がそげ落ちるが、痛みを感じている様子は見受けられない。

(どうやら痛覚無効か、それに類する能力を持っているらしいな……)

スピードではハミルに分があるため、ハミルは接近遠距離両方を巧みに組み合わせながら、相手の能力を探っていく。

身体を切り飛ばしても動きが鈍る様子もなく、傷がひとりでに塞がっていき治ってしまうから、間違いなく再生能力は持っているだろう。

パワーは武技を使うハミルにわずかに劣る程度。

速度はマリアの補助魔法のかかったハミルと同等程度。

常に魔法と武技を使い続けなければ、能力値では劣ったままだ。けれどここは技と狙いでいくらでもカバーができるため、やはり相手としてうっとうしいことこの上ないのは、再生能力の方だ。

「げひひ、げひ……」

マッシュは斬っても斬っても立ち上がってきた。

そして立ち上がると、なぜかハミルの方を見て嬉しそうに笑うのだ。

妙な趣味を持っているらしい相手の気味の悪い笑みを見て、ハミルは眉間にしわを寄せる。

(見たところスライムやゴーレムのような不定形の魔物ではなさそうだから、恐らく頭を切り落とすか心臓を潰すのが手っ取り早いだろうな)

と思い狙いを絞って攻撃を繰り返すが、流石に相手もそこが弱点であることを理解しているからか、腕や足を使って急所を狙わせないような立ち回りをしてくる。

あちらは攻撃を食らいながらでも損害度外視で攻撃を続けることができるため、ハミルはなかなか急所を射程に捉える超近距離に踏み込むことができないでいた。

ハミルの鉈が下ろされ、マッシュの胸を大きく裂く。

胸郭らしき部分から骨が飛び出し、緑色の血が吹き出るが、マッシュは止まらなかった。

防御の姿勢に入ろうとするハミル。

彼女が現在身に纏っているのは重鎧真紅という全身鎧で、これもまた以前使っていた黒鎧《こくがい》という呪いの武器が進化をしたものだった。

けれどマッシュは、防御姿勢に入ったハミルを素通りする。

「ま、まずヒーラーからつぶすっ！　お、おで頭いい！」

ハミルと戦っていても埒があかないと判断したマッシュは、彼女に補助魔法をかけているマリアの方に狙いを定めたのだ。

ハミルは一度体勢を変えてから、紅眼女王を構え直しながら呼吸を整える。

マリアに向かっているマッシュを見ても、彼女が慌てる様子はなかった。

ハミルはマリアもまた、厳しい試練をくぐり抜けてきたことを知っている。

故に自分がすべきことはマリアが生み出してくれた隙をつくことだと、必殺の一撃を放つための精神集中を始めた。

「うらあっっ！」

マッシュの力任せの棍棒が振り下ろされ……先ほどまでマリアが居た位置に衝撃波からクレーターができる。

マッシュは攻撃の手応えがなかったことに違和感を覚えて周囲を見回すが、マリアの姿はない。

彼女は一瞬のうちに、マッシュの背後に移動していた。

——マリアは歴代の聖女達から、直々に教えを受けた。

まず最初にヒーラーから狙うというマッシュの思考は、通常であればおかしくない。

けれどことマリアという存在の前で、そんな常識は通用しない。

なぜなら本気を出した今のマリアは――ハミルよりも強いからだ。

「聖魔闘術奥義――透徹《とうてつ》」

三代目聖女のミザリーがマリアに教えたのは、聖魔闘術の技術である。

聖魔闘術とは魔力を回復魔法や結界魔法に使う聖なる魔力へと変換させてから、敢えて体内に留めて循環させることで、肉体のパフォーマンスを飛躍的に向上させる格闘術のことを指す。

かつて最強の拳法の名をほしいままにし、その後習得難易度の高さのために後継者を失ってしまった聖魔闘術。

その力は当然ながらただ魔力を体内に留めるだけでなく、魔力を放出させることで相手に撃ち出すような芸当も朝飯前だ。

聖魔闘術奥義――透徹。

己の体内で活性化させた聖なるエネルギーを相手の体内に直接撃ち出す奥義だ。

通常であれば魔法などの具体的な事象を取ることでどうしても減衰してしまう魔力を、ほぼ百パーセントの伝導率で相手の体内へ飛ばすことができる。

そして撃ち込まれた魔力はするりと身体の奥深くへと届き……そして弾ける。

拳から発された衝撃波に重なるように弾ける魔力が、マッシュの身体を大きく弾き飛ばした。

まるで馬車に突っ込まれて吹っ飛ばされたかのような勢いで飛んでいくマッシュ。

そして弾丸のように飛んでくるマッシュを待ち構えていたのは、全身から赤黒いオーラを立ち上らせているハミルだった。

武技によって纏った黒のオーラと、紅眼女王が発している赤のオーラ。

二つが交じり合い、赤と黒の交ぜ合わされた巨大なオーラが刀身に宿る。

「ま、待っ――」

「――赤薙」

最後の命乞いを聞くことなく、ハミルは飛んできたマッシュの首を刎《は》ねた。

胴体はそのまま壁に激突しひしゃげ、頭部はコロコロと転がった後にそのまま動きを止める。

念のために首に再度の一撃を加え、しっかりと絶命させてから……ふぅとハミルは一つ息を吐いた。

「小休止をしたら、皆を追いかけましょうか」

「ええ、ハミル」

こうして以前であれば苦戦していたはずの魔王十指を、二人は容易く仕留めてみせる。

けれどここから先に待ち受けるのは、誕生以降一度も序列が変わったことがないという右手指達だ。

ブルーノ達の戦いは、まだ始まったばかりなのである――。

二階の階段を上りきると、まずは大広間に出た。

「なんだか雰囲気ががらりと変わったね……」

一階は、いかにも悪者が住んでいそうな感じで雰囲気のある内装だった。

おどろおどろしい感じのランプとか、壁に残っている赤黒い血痕だとか。

けれど二階はそれとは大きく様変わりしていて、一言で言うとなんというかすごく……ファンシーだ。

壁紙はピンク色で、そこに色とりどりの装飾がなされている。

もふもふの雲に、かわいらしい絵柄の猫ちゃん。

全体的に女の子っぽくて、遭遇する魔物とあまりにもミスマッチだ。

これもこの二階を守っている魔王十指の趣味なんだろうか……と考えていると、階段へとたどり着く。

「よよよよよく来たね、かかかっか歓迎するよ」

階段の前で僕らを、出迎えたのは前髪を長く伸ばしている短髪の少女だった。

身長はかなり小柄で、僕よりも小さく見える。

そして頭頂部にはぴょこぴょこと動いている猫耳があった。

どうやら彼女は獣の特徴を持つ魔物のようだ。

「わわわわ私は、魔王十指右第一指のマリン……ここから先はととととと通さないよ」

前髪の間からちらりと覗く瞳は、一瞬だけこちらを見つめると、ものすごい速さで逸らされる。

どうやらかなりの人見知りのようで、とうとう僕らではなく明後日の方向を見て話し始めた。

「ここ数百年は魔王城から出てないひひひきこもりだけど……ここから先にはいかせなななないよ」

ものすごく口ごもっているが、彼女の全身から発されているオーラはかなりのものだった。

まったくこっちを見てはいないけれど、なぜかその身のこなしには隙が見当たらなかった。

さて、誰が戦うべきかと考えていると、いきなり僕の頭が撫でられる。

「ここはお姉さんに任せなさいな」

そういって僕の前に出たのは、シャノンさんだった。

僕が見ている限り、目の前にいる魔王十指は明らかな遠距離タイプだ。

恐らく遠くから魔法をひたすら連射して、相手を近づけないような戦い方をするだろう。

だとすると近距離戦を得意とするシャノンさんとは相性が悪いような気がするけれど……。

「安心なさい、お姉さんに秘策ありよ」

そういってパチリとウインクをするシャノンさんの全身からは、自信が満ちあふれているようだった。

なのでシャノンさんを信じて、ここは先に進ませてもらうことにしよう。

他の皆も異論はないようで、全員がマリンと階段を交互に見つめる。

僕達が駆け出すと……意外なことに、マリンはそれをとがめることもなく素通りさせていた。

彼女はシャノンに視線を固定させながら、僕らの方を一顧だにしない。

「通してもいいのかな?」

「わわわわ私が戦ってもあの亀には勝てててない……なので魔王様のためにも、あなた一人だけでも倒します」

「――残念、倒されるのはあなたの方だよ」

シャノンさんの不敵な声を聞きながら、僕らは三階への階段を上っていく――。

また新たな変化があるだろうとは思っていたけれど、三階で起こった変化は僕の想像を軽く超えていった。

「これは……足場が、ない?」

自分で言っても意味がわからないんだけど……階段の先に、床がないのだ。

そして見上げてみれば上の方のところどころに、かろうじて足場になりそうな四角いブロックのようなものが浮いている。

天井は首が痛くなるくらいまで見上げてもまったく見えない。

光源があるおかげで先が見えないわけじゃないんだけど、とにかくどこまで続いているかわからないほどに大きな空間が広がっている。

僕とアイビーはサンシタに乗っていればいいし、アイシクルは自前の翅を使って空を飛べばいい。

ただ、レイさんの方は移動手段がない。

「レイさん、もしよければサンシタに……」

「ああいや、問題ないぞ」

レイさんはそう言うと、そのまま何事もないように、空中を歩き出す。

足下に結界や障壁を張るわけでもなく、ただ何もない場所を足場にして歩いていた。

僕にはその原理がイマイチわからない。

風魔法で空気を圧縮して、足場にしてるのかな……？

でもそれにしては魔法の気配を感じないし……。

お互い何ができるようになったかをわざわざ話し合ったりはしていないけれど、レイさんの方もどうやら色々な力を身に付けているみたいだ。

まあ僕も負けてるつもりはないけどね。

……なんて、こんな風に思うようになったのは僕も成長したってことなのかな？

主戦場が空になったことで、当然ながら出てくる魔物もがらりと様変わりした。

大きな翼をはためかせて雷を発生させるサンダーガルーダや、生成した土の弾丸を射出してくるバレットワイバーン、色んな魔物の特徴を持ったキマイラといった魔物達がメインになっていた。

ここまで来ると出てくる魔物はどれも最低でも二等級くらいの強さがあるけれど、サンシタもレイさんもアイシクルも、難なく一撃で魔物達を倒していた。

なるべく魔力を温存しようということで可能な限り魔法は使わず、接近戦で仕留めていく。

実力差があるため、こちらが傷を負うようなこともなく、四階へ続く階段へとやってくることができた。

一体どういう仕組みになっているのか、空中にポツポツと浮かんでいるブロックの中の一つに階段はあった。

そしてその階段を守るように、一体の魔物が飛んでいる。

パタパタと背中に生えている翼を使って滞空しているのは、細い目をした銀髪の魔物だった。

「魔王十指、右第二指のカゲロウ言います。よろしくね」

その額には一対の青い角がついている。

それに合わせてか着ているのも青い着流しで、ゆったりとってある袖の中に両手を互い違いに入れていた。

「ふぅん……」

無駄なことを話すのは趣味ではないようで、名乗ってからは何も言わず、こちらを観察している。

なんだか分析でもされているようで、むずがゆい気分になってくる。

「趣味の悪い殿方ですわね。そんなにじろじろ見つめていては、嫌われましてよ」

「これは失礼。まさかあれをこの目で見ることができるとは、思ってもみなかったものだから」

そう言ってカゲロウが見つめるのは、肩の上に乗ってグッと身体を伸ばしているアイビーだった。

まるで彼女のことを知っているような口ぶりに、僕とアイビーは思わず顔を見合わせてしまう。

バサッバサッと翼が風を切る音が、妙に耳に残った。

「ブルーノさん、アイビーさん、ここは私が」

ひらひらと優雅に空を飛ぶのは、どこからか取り出してきたカップから紅茶を飲んでいるアイシクルだった。

彼女がスッと指を振ると、飲み干したカップがソーサーごとどこかへ消えていく。

どうやらアイシクルの方も新しい力を身に付けているらしい。

その使い方が彼女らしいのには、思わず笑みがこぼれてしまうけれど。

カゲロウはそのままアイシクルをジッと見つめてから、スッと身体を横に避けた。

「どうぞ」

「……どうも」

僕とアイビーを乗せたサンシタと、空を駆けるレイさんが一緒に四階へと上がっていく。

魔王までの道のりは着実に近付いている。

その事実が改めて突きつけられたようで、僕は思わずごくりと唾を飲み込むのだった——。

時を少し戻し、魔王城の二階。

この階には徘徊する魔物の凶悪さに反比例するように、メルヘンが詰まっている。

猫や犬のもこもこの描かれた、ファンシーな壁紙。

ポップなカラーリングのなされている天井には、キラキラとしたシャンデリアがついている。

魔物による地響きやブルーノ達の戦闘に合わせてシャンデリアはゆらゆらと揺れ動き、そのおかげで天井は万華鏡のように光っている。

おしゃれなインテリアに囲まれるように、二つの影が並び立っている。

赤髪をはらりとなびかせるシャノンと、ぴょこんと猫耳を立てている少女である――魔王十指、右第一指のマリン。

ブルーノ達が去ってから、シャノンはスッと真面目モードに戻って相手を見据える。

捕食者としての獰猛な顔が覗くが、その様子を見てもマリンは顔色一つ変えていなかった。

一見するとビビりな獣人のようにしか見えないが、実は案外肝が据わっているのかもしれない。

(もちろん負けるつもりはない、けど……あまりにも情報がないんだよねぇ)

魔王十指に関する情報は非常に少ない。

というのも全ての情報は積極的に動いている左手指のものだからであり、右手指の幹部達はあまり目立った動きをしていない者がほとんどだったからだ。

自分で言っていた通り、目の前の魔物はかなりの引きこもりなのだ。

（着ているのはローブだから魔法戦特化の遠距離型かもと思ったけど、ケモミミがついてるから接近タイプだったりするのかな？）

そうやって相手を観察していると、意外にも先にしびれを切らしたのはマリンの方だった。

「うううううううだうだしてても始まらないので……私からいいいいいいいきますぅっ」

そう言うとマリンが目を閉じ、そして突然にしゃがみ込んだ。

そしてそのまま――咆哮。

響き渡るのは、耳をつんざくほどの強烈な音だ。

マリンの叫びには、魔力が込められていた。

音は衝撃波を伴いながら周囲へと拡散していき、破壊の暴威をあたりへと撒き散らす。

上下左右すら問わぬ全方位の攻撃範囲には、当然ながらシャノンも入っている。

「ぐうっ!?」

パアンッと破裂するような音と衝撃が身体にやってくるのは同時。

シャノンに、鈍器にでも殴られたような強烈な一撃が襲いかかる。

インパクトの瞬間に皮膚がたわみ、全身で攻撃を受けたシャノンが後方へと吹っ飛んでいく。

突然の攻撃に思わず対処が遅れたが、幸い一撃で昏倒するほどの攻撃ではなかった。

最初は面食らったものの、吹っ飛んでいるうちに余裕が生まれ、着地の際にはしっかりと受け身を取ることができた。

「いいいい今の攻撃を食らってもむむむ無傷とは、なかなかなかなかやりますね」

「そのしゃべり方、もうちょっとどうにかならないの?」

「こここここれは生まれつきななななので」

気付けば立ち上がっていたマリンを見て、シャノンは立ち上がり軽く腕を振る。

マリンが言っていた通り、その身体には傷一つついてはいない。

彼我の距離はおよそ一〇〇メートル。

先ほどまでの倍以上の距離が離れている。

(あの音の攻撃……厄介だな)

相手が使ってきたのは恐らく、音属性の魔法だろう。

シャノンが厄介になっていたドラゴン達の住まう竜の里にも、似たような魔法の使い手が存在していた。

音属性の魔法は属性そのまま、音を操る魔法だ。

音を打ち消すことで自分が発する物音を消したり、音そのものを増幅させることで衝撃波を生み出すことができる。

他の属性と比べた時の優位性は、圧倒的な速度。

自身が出す音に魔力を媒介させることで性質変化をさせるという魔法の特性上、魔法のスピードは文字通りの音速だ。

(威力がないのがせめてもの救い……いや、それすらブラフかな？　長年変わっていないって言う魔王十指の右手指が、そんな簡単に攻略できる魔物だとは思えないし)

今の一撃は、まだまだジャブだろう。

威力をある程度見定め、それに合わせて防御ができるよう魔法を発動させる準備を整えていく。

音魔法を極めることができる場合、音波を物質の振動数と重ねることで対象を粉微塵に分解することすら可能になるという。

最悪の場合、そこすらも想定して戦いを挑むべきだ。

「じゃあ次は――私から行くよっ！」

シャノンが戦いのギアを上げていく。

彼女の足下に魔法陣が生じる。

そこに描かれているのは、羽ばたく蝶を意匠化させたような複雑な文様だった。

紫色の光を宿しながら明滅する魔法陣が一瞬のうちにシャノンのつま先からつむじの上まで撫でていき、そして消える。

それに変わるように、シャノンの肉体が先ほどと同じ紫の光を発していた。

そして彼女の姿がブレ――残像に変わる。

「――極大抜断《アルテマ・ブレイク》！」

「凶刃比爪」

マリンが腕を上げると、そこに背後からの斬撃がやってくる。

凶器のように伸びた長い鉤爪と、シャノンが手にしている直剣がぶつかり合った。

衝撃、爆風が大気を震わせる。

風切り音が上り階段を撫で、鏑矢のような甲高い音を鳴らした。

「もももも紋章術ですか……こここここれまた珍しいものを」

「ご名答ッ！」

斬撃と斬撃が交差する。

ある時は互いの進路を妨害するように、またある時は真っ向からぶつかり合って、一進一退の攻防が続く。

マリンが言っている通り、シャノンが使っている魔法はその名を紋章術という。

魔法としては音魔法よりもレアなものであり、今ではほとんど使われることもない失われた魔法のうちの一つだ。

魔法陣を描き、そこに物体を通すことで様々な効果を発生させる魔法である。

あらかじめセットしておいた魔法陣をアウトプットすれば即座に使用することができるため、ほとんどノータイムで魔法を使うことができ、通常より大幅に少ない魔力量で発動することができるという二つの強みがある。

反面通常の魔法と比べると効果が低くなりやすいのが欠点なのだが、シャノンはドラゴン達が築き上げてきた独自の魔法技術による複雑かつ緻密な魔法陣を使用することで、その欠点を克服していた。

故にシャノンは少ない魔力消費量で、初動から最高速の一撃を叩き込むことができる。

そして燃費の良さを最大限に活かすことで常にトップスピードを保ち続けることが可能であり、恐ろしい速度で移動するシャノンの長い髪は、流れ星のように光の尾を引いていた。

切っ先近くでの幾重もの攻防が甲高いプレリュードを鳴らし、より持ち手に近い柄付近の勢いの乗った一撃は、重たい重低音を奏でていく。

天井付近から地面すれすれに、上下左右、縦横無尽に叩き込まれていく連撃がデュエットを奏でる。

シャノンの一撃を、マリンは全て受け止めきっている。

これはお互いにとって小手調べ。

一旦距離を取り体勢を整えるが、二人とも息一つ乱した様子はない。

(流石龍剣、右手指の爪ともきちんと打ち合えるか)

シャノンが振るう剣の長さは、およそ一メートルほど。

水で薄めたミルクのような薄い乳白色をしていて、持ち手に近付くにしたがって黄みがかっているようになっている。

柄には滑り防止のための布がグルグルと巻いてあるだけで、鍔すらもないシンプルな作りの剣だ。

シャノンの得物である剣に名はない。

名工の手によるものでないため、銘すらも存在していない。

この剣は適当な大きさのドラゴンの牙を、同じドラゴンの牙を使って擦って削ることで生み出した、ただそれだけの剣だ。

剣と言っていいのかもわからない、ただ削って整えただけの牙なのだ。

故にシャノンはこの剣を、そのままストレートに龍剣と呼んでいた。

この龍剣はドラゴンの牙そのものであり、無骨ながらもむき出しの暴威が溢れている。

そして決して折れることなく、同じドラゴンの牙以外で傷つくことはない。

「ギアを上げていくよ……加速装置ッ!」

シャノンの足下に浮かぶ魔法陣が、更に複雑になっていく。

そして彼女はガチリと奥歯を噛みしめ、かつて己の身体と同一化させた魔道具である加速装置を起動させる。

当然ながらシャノンは未だ、全力を出していない。

ギアを上げてみせるここから先の領域こそが彼女の真骨頂である。

彼女を第一級冒険者へと押し上げた魔道具は、その名を加速装置という。

これは簡単に言えば、機械化させた全身に魔力ポンプによる圧力を加えることで、常人を超えるパフォーマンスを発揮させることができるようにする魔道具である。

『この魔道具によって上がる身体能力は、肉体能力と魔力による強化との乗算で示される。つまりこの加速装置とかみ合わない形の魔法を習得することさえできれば……お前は今の自分を容易く超えることができるだけの戦闘能力を手に入れることができるだろう』

シャノンは元の魔力量自体が、他の強者達と比べるとそこまで多いわけではない。

なので彼女にはドラゴンのように、その内側に秘めた莫大な魔力量を使ってパワフルに戦う戦法が取れなかった。

彼女は加速装置との組み合わせが良く、更に複雑な陣形を記憶領域から呼び起こすことでそこまで魔力消費を必要としない紋章術を選択した。

だが紋章術は発動のために脳内にある魔法陣を呼び起こし、インプットしておいたそれを体外で描き直す必要がある。

紋章術は複雑なわりに効果が低く、また使用までに時間がかかるため実用性が低いと廃れていった魔法なのだ。

けれどそこで、シャノンがその身に宿している加速装置が活きることになる。

彼女の全身に埋め込まれている加速装置――そこに直接魔法を放り込み、それを光魔法によって転写することで、紋章を描くまでにかかる時間を極めて短縮させることに成功したのだ。

この方法は、加速装置という全身に行き渡るほどの長さと硬度を持った魔道具を埋め込んでいるシャノンにしか採れない方法で。

そしてそれ故にシャノンは、自分の直感が間違っていないという確信を、また一つ深めるのだった。

剣が閃き、爪が踊る。

一撃ごとの衝撃波が、その余波によって発される風圧が、二人の周囲だけを更地のように変えていく。

接近戦においては、何重にもバフのかかっているシャノンに分がある。

ブルーノの見立て通り、一通り接近戦こそ可能なものの、マリンはどちらかと言えば遠距離からの一方的な攻撃で敵をハメて殺す戦法を得意としているからだ。

「あああああああああああっっ!!」

マリンの全方位攻撃でシャノンを吹き飛ばす。

音魔法による音速の一撃を回避することは難しい。

故にシャノンは攻撃を食らう瞬間に龍剣を地面や天井に突き立てることで、吹っ飛ぶ距離を短くした。

そして相手の攻撃が終われば即座に再び反転し、マリンへと向かっていく。

マリンの音魔法は、己の声を増幅させるというその性質上、呼吸のインターバルさえ取ることができれば連発が可能である。

そして大きな声を出せばその分だけ魔法の威力は上がり、細かく声を刻むことで連撃も可能となる。

けれど加速装置と紋章術を重ねがけした今のシャノンは、マリンにゆっくりと息を吸わせるだけの余裕を与えない。

結果としてマリンは接近戦で対応せざるを得なくなり、音魔法によって相手を完全に封殺するお得意の戦法を採ることができないでいた。

「極大抜断——五連」

続けざまにシャノンが放つのは、抜断の上級技である大抜断の更に上、武技としては最高難度である極大抜断。

彼女は紋章術と加速装置による相乗効果により、極大抜断を連発できるようにまでなっていた。

「——ちっ、凶爪乱舞！」

焦れて多少姿勢を崩しながらも強引に技を放つマリン。

使用したのは、武技としては最上位に位置している凶爪乱舞。

本来であればアイアンクローを装備して放たれるそれを、彼女は自前の爪で発動させてみせていた。

攻撃の密度で言えば、マリンの方が上。

けれど攻撃の威力でいけば、シャノンの方が上。

シャノンの一撃を、マリンの一撃がこそぎ取っていく形となった。

一撃、二撃、三撃。

マリンの一撃は威力は小さくとも、着実にシャノンの武技の勢いを殺していく。

そして五発とも、その攻撃はマリンに届く前に消えていった。

(もっと近付かなくちゃダメか。……うん、仕方ないね)

一撃の威力では勝っている。

しっかりと攻撃を当てることさえできれば、ダメージを通せるのはシャノンの方なのだ。

彼女は一つ呼吸を整えてから……マリンの放つ爪の嵐の中へと入り込んでいった。

「加速装置——三式」

シャノンは更に強く奥歯を噛みしめ、加速装置の出力を上げる。

マリンが放つ連撃はまるで一種の結界のように、触れるもの全てを斬り裂いていく。

当然ながらその中には、近寄ろうとするシャノンも含まれる。

シャノンは目の前に広がるコンマ一秒の間に十を超える爪の嵐を目にして、全てを回避することを諦めた。

術式を体内に展開——即座に励起。

紋章が彼女の足から頭までを巡り、瞬間的に視力が強化される。

シャノンは視力と第六感だけを頼りに、ただひたすらに前に出た。

攻撃を避け続けるも、当然全てを避けることは能わない。

薄皮は裂かれ、髪の毛は切断され、着ている鎧には抉られたような痕が付く。

攻撃の余波でめくれ上がった土を、力強い足取りで再び踏みしめて直していく。

一歩進む度に傷は増えていく。

けれどシャノンの歩みは止まらない。

その迷いない足取りと着実に詰められていく距離を見たマリンの瞳が、動揺で揺れるのが見える。

やはり自分がしていることは間違っていないと、シャノンは傷をまた一つ作りながらも笑みを深めた。

絶え間なく襲いかかる攻撃に、全身の血管という血管から血が噴き出し始める。

けれどマリンは攻撃の手を止めず、むしろ近付いてくるシャノンを恐れて更に武技を連発し続ける。

武技の動きは変わらないはずなのだが、初動で若干姿勢を崩していたことも相まって、その動きは明らかに精細さを欠いている。

故にシャノンは急所を狙って放たれた攻撃だけを的確に武技で弾きながら接近を続け——という指呼の間《かん》にまで近付く。

息は荒くなり、全身からは体温が失われ、龍剣に込められる力は戦闘開始前と比べるまでもないほどに弱っていた。

再度ここまでの好機を生み出すことは不可能。

そう直感したシャノンは、ここで己の放てる最大の一撃を放つことを決める。

下で奥歯を軽く押す。

すると内側にゼンマイ機構を組み込まれた義歯が浮き上がり、その中から赤いボタンが飛び出してくる。

それをシャノンは躊躇なく、ぎりりと押し込んだ。

瞬間、身体が沸騰を始める。

加速装置が限界を超える稼働を始め、ポンプによって人体の許容量を超える超高速で、全身を魔力が巡り始めた。

臨界量に達した魔力が、身体の底からあふれ出してくる。

体外放出された魔力が燐光となり、シャノンの身体を包み込んだ。

魔力によるパンプアップによって赤くなった肌と、あふれ出してくる赤い光。

それが彼女の赤く流れるような長髪と絡み合い……一筋の光線となった。

「加速装置――零式」

「あ……が……っ!?」

衝撃が、音を超えてマリンを弾き飛ばす。

全身から光を発しながらさながら一筋の彗星となったシャノンの動きは、目はおろか耳ですら捉えることは不可能であった。

「極大抜断――五連」

「――っ!?　共鳴音壁《スクリーム》！」

先ほどまでの一撃とは、文字通り桁の違う一撃。

マリンは咄嗟に音の壁を作り出すことで衝撃をやわらげようとするが、壁は一撃で破られ、残る四撃は彼女の身体に叩き込まれる形になった。

当然ながら限界を超えた状態で身体を動かし続けているシャノンも無傷ではない。

極大抜断を放った彼女の身体は悲鳴を上げ、限界を迎えた関節部からは血が流れ出した。

二撃、マリンの身体がくの字になって吹っ飛んでいく。

三撃、高速で動き先回りしたシャノンが下向きに極大抜断を放ち、マリンの身体を地面に叩きつける。

そして蹴り上げてから四撃、そのまま間髪いれずに五撃。

縫い付けられるように天井に張り付いているマリンだが、その目は未だ死んではいなかった。

それどこから彼女は攻撃を食らっている間にしっかりと呼吸を整え、最大の一撃を放つための用意を調えていた。

「破砕震動！」

マリンが放ったのは、最上級音魔法である破砕震動。

物体と自身の発した音とを強制的に共鳴させ、震動によって相手を内側から砕く魔法だ。

シャノンはマリンが放った最大の一撃を迎え撃ちそして打ち勝つべく、最後にして最大の一撃を放つ。

それは彼女が竜の里で学んだ、唯一にして絶対の武技。

「竜閃《ドラグスラッシュ》」

死してなお、ドラゴンの牙には莫大なエネルギーが眠っている。

そしてそれは己の身体に宿る魔力と生命力を引き渡すことで、蘇らせることが可能なのだ。

ドラゴンの持つ生体エネルギーを純粋な破壊力へと変える武技——それこそが竜閃。

あまりにもシンプルで、それ故に打ち破ることの難しい、圧倒的なまでの力の顕現。

その暴力は震動による破砕すらも上回り、破壊されることなくマリンへと向かっていった。

シャノンとマリンの影が交差する。

流れるように距離を取った二人は、背中合わせに残心を行い、そして——。

ブシャアッッ!!

「お、お見事……」

おびただしい量の血液を流しながら倒れたのは、右第一指であるマリンであった。

残心を解くシャノン。

フッと気を抜くと、鼻と耳の穴からとろとろと血液が流れ始めていた。

龍剣は破壊を免れていたものの、流石は右手指の魔法だ。

シャノンであっても、その震動による破砕を完全に殺しきることはできなかった。

「これは……辛勝、かな?」

なんとかして膝立ちで意識を保つシャノン。

視界が暗くなってきたと思い目元を拭うと、目から血の涙まで流れ始めていた。

「あ、あはは、これはちょっとマズいかも……」

大量の血液を失い、また龍剣に生命力まで吸われたことで完全に満身創痍になったシャノンの意識が遠くなっていく。

「あぁでも、それなら安心して気を失えるよ……」

意識をなくす寸前のシャノンが視界に捉えたのは、彼女を目指して駆けてくるマリアとハミルの姿だった。

こうして二階での戦い……右第一指マリン対シャノン戦は辛勝ではあるものの、シャノンが勝利を収めることができたのであった——。

ブルーノ達がどう考えても虚空にしか続いて居なさそうな階段を上っていくのを見届けてから、アイシクルはくるりと振り返る。

「この魔王城って、一体どういう仕組みになってるんですか？」

「あれ、アイシクルさんは入ったことなかったっけ？」

「転移の魔法を使って来たことがあるだけなので、階層をこうして移動したことはありませんの」

「なぁるほど、クワトロさんの闇転移ね……」

アイシクルは魔王十指全員と会ったことはない。

というのも、別に魔王は人間を攻略するための話し合いをすることも、今後のことについて魔王十指で話し合うような機会を持つこともなかったからだ。

なので実は、目の前のカゲロウも名前を聞いたことがあるだけで、こうして顔を合わせるのは初めてのことになる。

（なんだか油断ならない殿方ですわね……）

目の前にいる細目の翼人を見て、アイシクルは薄気味悪さのようなものを感じていた。

カゲロウの人当たりは悪くない。

ここに来る前に出会ったマッシュやマリンと比べれば、性格もまともそうである。

けれどその細目の奥にある瞳が剣呑に光っているのを、アイシクルは見逃さなかった。

「さあ、皆行ったことだし……そろそろ、やろうか」

スッと、ただでさえ糸目のカゲロウの目が更に細められる。

底冷えするような錯覚に陥り、思わず身構えてしまう。

目の前の魔物の気配が、一瞬にして膨れ上がった。

背中に冷や汗が流れてくる。

思わず後ろに飛んでいきそうになるのを、グッとこらえる。

アイシクルがここまで臆病腰になっているのには、当然ながら理由がある。

魔物という生き物は、強さという絶対的な序列に対して非常に敏感だ。

アイシクルは魔王十指になったその瞬間から、魔王や魔王十指の先輩方に対して反旗を翻そうなどという考え方がそもそも存在していなかった。

救世者のメンバーとしてレイ達と共闘をした時とは、また事情が違う。

今アイシクルは、たった一人で自分の上位者たる魔王十指の右手指と向かい合っているのだから。

(臆していてはなりません！　だって、私は――)

アイシクルはずっと一人だった。けれど今は、そうではない。

今のアイシクルはもう、孤独ではないのだ。

人は孤独を恐れるというが、魔物だってなんら変わらない。

一度人のぬくもりを知ってしまったからこそ、もう二度と孤独だったあの時には戻れないし、戻りたくない。

そのためならば、たとえ己の本能が拒否をしていようと、その道理を気合いで押し込んでみせる。

そのために修行を重ねた。

己の無理を通すための力は、この手の中にある。

故にあとは勇気を出して――一歩を踏み出すだけだ。

「私、負けませんわ」

「そうかい」

「たとえあなたが魔王十指の先輩であろうと――勝ちます、絶対に勝つんです」

「先輩として胸を貸そう――かかってくるといい」

「――行きますッ！」

空を飛ぶアイシクルの左右に、魔法陣が発生する。

そして最初は二つだった魔法陣が、三つ、四つ、五つ……と増えていく。

止まることなく増加し続ける魔法陣を見て、カゲロウが少しだけ目を見開くのが見えた。

その様子を見て、アイシクルは自分の気持ちを落ち着けることができた。

そしていつも通りの心持ちに戻すことができた彼女は叫んだ。

己が新たに手に入れた力を。

「サモン・エレメンタル！」

アイシクルの修行の内容は、己のフェロモンを使うことによる魔物の使役であった。

元々可能であったあらゆる昆虫型魔物から更に広い範囲の人型、獣型や死霊型などの多種多様な魔物達を意のままに動かすことができるよう、魔力を使ってフェロモンを強化していく訓練を続けていた。

アイシクルは最初は意気込み、そう時間もかからぬうちに他の魔物達もある程度であれば使役することができるようになっていた。

出さなければいけないフェロモンの質は、魔物のタイプによって変わってくる。

最初は六等級の魔物から、次は五等級、その次は四等級……といった風に、使役することができる魔物のレパートリーはどんどんと増え、しかも強力になっていく。

あらゆるタイプの三等級程度の強さを持つ魔物を使役することができるようになった時点で、アイシクルはふと我に返った。

そしてふと、今までなぜ気付かなかったのだろうという、当然の疑問を抱いた。

「もちろんアイビーさんを疑っているわけではありませんけど……果たして本当にこれで、他の十指を倒せるようになるんでしょうか……？」

アイシクルは様々な魔物を使役することができるようになった。

フェロモンごとに出せる限界量があるためおおよそそれぞれ魔物のタイプごとに、数十匹前後を自在に操ることができるようになった。

しかし……考えてみると、それだけなのだ。

アイシクル自身の戦闘能力はさして修行を始める以前と変わらない。

戦闘力の合計を足したならパワーアップしていると言えるかもしれないが、数の暴力だけで倒せるほど魔王十指とは生やさしい存在ではない。

けれどもしこの修行方法が間違っているのだとしたら、アイビーがそれを指摘しないはずがない。

何度も教えを請うているからこそ、アイビーが間違えることはないと断言できる。

故にアイシクルは思考を巡らせた。

――多数の魔物を使役することで、自身の戦闘能力を上げる方法はないか？

そして彼女は思考の末、とある結論にたどり着いた。

「なるほど、そうでしたのね――」

そして彼女はその日から先、とある生物を使役することに全力を出すようになっていく――。

うふふ。

あはは。

一緒に踊ろう？

子供らしさを多分に含んだ、無邪気な声。

まるでガラスごしに聞いているかのようなどこかくぐもった声が聞こえたかと思うと、アイシクルの周囲が光り出す。

虫のように光を目指して集まるのではない。

アイシクルを目指して、光の方から集まってくるのだ。

色とりどりの光達は、子供のような甲高い声を上げながら、アイシクルの周囲を飛び回っている。

楽しそうなものを見つけた子供のように、飛んで、跳ねて、元気に彼女の周りを回っている。

「ほう……精霊の使役……精霊術士か」

アイシクルの身体の周囲を飛び回る光達。

カゲロウの指摘する通り、彼らは精霊と呼ばれる存在である。

そもそも、精霊とは何か。

精霊とは自然現象と魔力が化学反応を起こすことによって生まれる、意志を持った魔力エネルギーのことを指す。

魔力が豊富な場所で山火事が起きればそこには火の精霊が生まれ、全てを流す濁流の中には水の精霊が生まれる。

冒険者ギルドにおいては分類状は魔物とされているが、その実体は魔物というより、魔力そのものと言った方が正鵠を射ているだろう。

精霊はある時は人間の友であり、またある時は自然災害そのものだ。

彼らは移り気で気まぐれな存在だ。そして自身を生んでくれた自然現象のことを、何より愛している。

たとえば火の精霊は気が向けば火魔法の火力を上げてくれるが、人間が必死になって抑えようとしている山火事をいっそう激しくさせることもある。

火の精霊は炎そのものや発火という事象を愛しているため、その行動を己の意に沿わせることが難しい。

けれど稀にそれをなすことのできる者達がいる。

彼らは精霊を自由に操り精霊術という術理として使いこなす。

人は彼らのことを――精霊術士と呼ぶ。

「――行きますッ！」

アイシクルの翅がはためいた。

魔力によって発生した浮力が、推進力に変わられる形で真横へと飛んでいく。

物理上不可能な動きを魔力による機動で行いながら、アイシクルは己の拳を固く握った。

現在彼女が身に纏っている甲殻には、いくつかの穴が開いている。

腕甲に開いている六つの穴は複眼のように妖しく光りながら、その輝きを強めていく。

そしてアイシクルが拳を突き出す瞬間――開いている空間の中に先ほどの光達が――精霊が入っていく。

アイシクルのストレートを見たカゲロウは回避ではなく、迎撃を選択した。

そして両者の拳が――真っ向からぶつかり合う。

激突、そして轟音。

インパクトの瞬間に生じた強烈な爆風が、近くにいた魔物達を墜落させていく。

攻撃の結果は、アイシクルが優勢。

カゲロウが後ろに吹っ飛ばされる形になった。

彼は空中でくるりと一回転してから、己の拳を見つめる。

そこからはジュウジュウと煙が立ち、腕骨が熱さと衝撃に悲鳴を上げていた。

「近距離型精霊術士……初めて見るスタイルだ」

アイビーがアイシクルに昆虫型以外の魔物を使役することができるよう修行をさせた一番の理由
……それはアイシクルに、精霊の使役をさせるためだ。

アイシクルはフェロモンを使うことで、獣型や人型の魔物だけではなく、最終的にはレイスやスペクターといった死霊型の魔物ですら意のままに操ることができるようになっていた。

そしてそういった魔力によって構成された魔物を使役できるようにしていく過程で、彼女のフェロモンの質は変わっていった。

アイシクルが当初使っていたのは、彼女がキラービークイーンだった頃から使っていた、体内で生成された微量物質だった。

それを毛穴などから放出させることで、相手の生物的反応に働きかけ、支配下に置いていたのだ。

けれどそれでは、死霊系の魔物は動かなかった。

彼らは既に生物ではなく、死体が魔力反応によって魔物と化して動いている状態だからである。

故にアイシクルは微量物質ではなく、魔力を変質させることでフェロモンとして使うことができるように調整を重ねた。

おかげで今では魔力のみで構成されている生き物に対しても、働きかけを行うことができるようになっている。

アイシクルがたどり着いた、強くなるための結論。

それは——精霊そのものをフェロモンを使うことで己の統御下に置き、自在に操ることができるようになるというもの。

精霊はその存在自体が強力であり、微精霊から最上位精霊に至るまで格の違いこそあるものの、微精霊であっても中級魔法程度の火力を出すことができる。

現在アイシクルが己の周囲に集めているのは、精霊達の中では最も格の低い微精霊だ。

つまりここはまだ序盤も序盤、ウォーミングアップに過ぎないということである。

対しカゲロウの方はどうかと言うと、彼も顔に焦りの色は見えない。

再び迫ってくるアイシクルを見つめながら、顎に手をやっていた。

「まあ接近特化なら特化で、やりようが——」

カゲロウはアイシクルとまともに打ち合うのは危険と判断し、彼女が放った蹴りを避けようと羽ばたいた。

けれどその瞬間――彼女の足が、爆発的に加速する。

「がっ……!?」

「おーっほっほっほ！　あんまり舐めてると、痛い目見せちゃいますわ！」

バウッと空気が圧縮するような音が聞こえたかと思うと、カゲロウの腹部に足がめり込んでいた。

後方に飛んでいきながら、カゲロウはその威力に笑いをこぼす。

喉奥からこみ上げてくるものをこらえながら、カゲロウはそのまま空中でなんとか姿勢制御に入り、体勢を整えた。

「なるほど、あんまり余裕こいてる場合じゃなさそうだ――」

空中にピタリと静止するカゲロウ。

その顔に張り付いていた薄い笑みが消え、スッとその気配の質が変わる。

「それなら僕も、本気でいかせてもらうことにしよう――」

カゲロウはそう言うと、スッと両手を横に伸ばした。

そのままグッと腕に力を込め、パンッと柏手を打つ。

するとカゲロウの右腕のあたりに、魔法陣が生まれる。

通常の円周型ではない、彼の腕を覆うような形で積層展開された複雑な術式だ。

アイシクルも魔法に関する造詣は決して浅くはないつもりだが、一瞬でそれがなんの魔法なのかを判断することは不可能だった。

故に彼女はそのまま飛翔し精霊と共に再度の一撃を放つ。

「武装召喚――崩落巨腕《ギガノト・ギガント》」

するとそれを迎え撃つカゲロウの右手が光り――激突の瞬間、破城槌を思わせる巨大な金属腕へと変わる。

ガシャンッという機械音が鳴るのと同時、巨大な金属腕から何か金属の筒のようなものが噴き出す。

すると腕がまるで何かに弾かれるかのように突如として強力な推進力を得て、噴進する。

その一撃はアイシクルの拳を弾き、そのまま彼女のを強かに殴りつけるのだった――。

「――あ、ぐうっ……!?」

(なんていう、馬鹿力ですの……)

後方に吹っ飛ぶアイシクル。

腹部に感じる痛みからいち早く立ち直ろうとするが、上手く翅が動かない。

衝撃は身体全体に回っているからか、姿勢制御をするのにも体力が要り、翅の根元にはわずかなしびれすら感じるほど。

くらくらする頭を回すために、アイシクルがパチリと指を鳴らす。

すると先ほどまで彼女の甲殻の中に隠れていた真っ白な精霊が飛び出し、アイシクルの頭上をくるりと回る。

キラキラと舞い落ちる粒子に触れると、傷がたちまちに癒えていく。

回復魔法を使うことのできる、光の精霊の力を借りたのである。

「これまた器用な……通常喧嘩をし合うから、複数属性と契約を結ぶことはできないはずなのに。よほど才能があったのかな」

そう言ってカゲロウが腕を振ると、まるで先ほどの一撃が夢幻であったかのように、巨大な金属腕が消える。

そして代わりに、元の細く黒みがかった腕が現れた。

「僕の力は非常にシンプル。世界中にある武装を選択し、召喚することができる力だ。ほら、こんな風に――疾風靴《ゲイル・シューアー》」

傷を癒やし再び戦闘体勢に入ったアイシクルの視界から、カゲロウの姿が消える。

身構えながら高速で飛翔し、どこから攻撃が来てもいいように対応しようとすると――カゲロウは風の精霊の力を借り加速しているアイシクルを超える速度で、彼女の背後に回った。

そしてそのまま飛び蹴りを食らわせる。

アイシクルの視力では捉えることのできない速度だ。

直感で咄嗟に防御することはできたものの、完全に衝撃を受け流すことはできず、再び吹っ飛んでいく。

彼女の視界に、鋭く尖った猛禽類の嘴を想起させるような靴が過った。

（でたらめな性能をしてますわ！　アイビーさんを見た後だから普通な気がしますけど、インチキ効果も大概にしてくださいまし！）

アイシクルは素早く回復魔法を使い今度は先ほどまでよりも早く立ち直りながら、相手の能力を観察するための戦闘に移る。

使う精霊を微精霊から下位精霊へ、攻撃主体の火と風という二種類から守り主体の土と水、回復のための光という三種類に切り替えて防戦に移ることにした。

「武装召喚――肉喰らいの削り鎌」

カゲロウが構えると、そこに鮮血を想起させる鮮やかな赤色をした鎌が出現する。

ドクンと脈動する鎌を見て即座にそのヤバさを感じ取り、攻撃を避ける。

「サモン・ブラックバード」

鎌の性能を見るために、敢えて使役する魔物を召喚し、カゲロウにぶつける。

すると鎌の刃がブラックバードの腹を貫いたその瞬間、まるでミイラになったかのように一瞬で干からびてしまった。

どうやらあの鎌は、攻撃を当てた生き物の生き血をすするようだ。

万が一接近戦で一撃をもらってしまえば、取り返しがつかなくなるだろう。

故にアイシクルは一定の距離を取りながら、魔物を大量に召喚してけしかけることで時間を稼ぐ。

すると体感時間五分ほどで、鎌は消えていった。

先ほどの巨大な金属腕は、数十秒もしないうちに消えていた。

召喚可能な制限時間は、武装ごとに違うのかもしれない。

（武装召喚と言っていましたし、恐らくは召喚魔法の一種なのでしょう。といっても、私が知っているそれとは汎用性から何から色々と逸脱しすぎですが……）

召喚魔法の術理については、アイシクルもある程度理解している。

というか精霊を使うようになった時点で、召喚魔法についても精通せざるをえなかったのだ。

精霊は一箇所に留まることが少なく、基本的に気ままに色々な場所へ移動することが多い。

そのためアイシクルは彼らをある程度操ることができるようになった段階で、戦闘時にすぐに呼び出すことができるよう彼ら個人個人と簡易的な契約を交わすことにしていた。

その際に使うことになったのが、召喚魔法である。

この魔法は簡単に言えば、契約を交わした生物を自分の下へと呼び出す魔法だ。

アイシクルは元から適性があったのか、さして苦労することもなくこの魔法を使うことができた。

けれどそんなアイシクルでさえ、召喚することができるのはあくまでも自分と契約を交わすことができた精霊や魔物達のみだ。

カゲロウのように無機物を召喚するような真似はできない。

どうやらあの武装召喚は、その名の通りに世界に存在しているあらゆる武装を召喚し、使用することができる。

その能力は本人が言うように本当にシンプルで、そして驚異的だ。

けれどよく観察していくと、武装召喚にはいくつかの法則性があることが読み取れた。

（第一に、同じ武装を連続で召喚することはできないこと）

カゲロウは明らかに前に使った武装が適していそうなタイミングでも、他の武装を使うことが多々あった。

どうやら再度使うためにはある程度クールタイムのようなものが必要らしい。

（また第二に、戦況ごとに即座に判断して武装を召喚しなくてはいけないこと）

武装召喚には制限時間とクールタイムがある。

そして召喚することのできる武装の種類があまりにも多い。

どんな状況にも臨機応変に対応できる便利さがあるが、それは転じて枷になる。

選択肢が限りなく多い中で、更に並列して考えなければならないことがいくつも存在している。

故に狙うのは盤外戦術で言うところの人読み——カゲロウの思考を理解して、攻撃パターンを予測することだ。

カゲロウはかなり力を使いこなしているようなので、隙らしい隙は未だ見つかってはいない。けれどよくよく観察していれば、ある程度彼が好むパターンがあることがわかってくる。

基本的にカゲロウは、防御より攻撃を選ぶことが多い。

おとなしそうな見た目に反して、戦い方はかなり積極的だ。

そして射撃が可能な魔法杖などよりも、接近戦に長けた金属腕やメイスなどの武器を好む傾向にあった。

相手の攻撃に対して後の先を取ろうとするカウンター戦術を狙うのが最も効率がいいだろう。

「武装召喚――紅蓮腕」

カゲロウの腕に浮き上がった魔法陣が、また新たな武装を召喚する。

今回飛び出してきたのは、何度か出しているあの巨大な金属腕より一回りほど小さな手甲だった。

アイシクルは己が持っている肉体の組成を弄ることができる能力を使い、腕の硬度を上げた。

そしてドリル状に変じさせ、中に空洞を作りそこに風の下位精霊達を循環させる。

風の精霊達が踊り出すことで、甲高い音を上げながら高速回転をし始めた腕を、放たれた一撃に合わせて放つ。

「結風貫手！」

アイシクルの装甲化した腕と、召喚された紅の腕がぶつかり合う。

勢いは拮抗したが、腕力はカゲロウの方が高かった。

結果として紅蓮腕には穴が開いたが、弾き飛ばされたのはアイシクルの方だった。

彼女はダメージに唇を噛みしめながらも、冷静にカゲロウの腕を見つめる。

（そして……その三。武装は傷つけば光の粒子になって消えていく……）

今のところ、アイシクルが傷をつけた武装は再度召喚されることはなかった。

恐らくだが、傷をつけた武装はしばらくの間使うことはできないのだろう。

（ただし、このままだとジリ貧ですわね……）

アイシクルは荒い息を整えながら、半壊してしまった右手の甲殻を破り、脱皮の要領で再生させていく。

召喚魔法を使うのに必要な魔力は、それほど多くはない。

けれど意思ある精霊を召喚するのと無機物を召喚するのでは、後者の方が魔力消費量は少なく済む。

また、アイシクルとカゲロウでは恐らく持っている魔力量自体に大きな差がある。

故にこのまま戦い続けても、先に息が上がるのは間違いなくアイシクルになるはずだ。

（戦いの経験値もあちらが上、魔力量も上……それなら私はそれ以外の、もっと別のところで勝負をしなくてはなりません）

怪我をする度に光の精霊に傷を癒やしてもらっているため、アイシクルの方にも怪我らしい怪我はない。

しかしカゲロウの方は、防御用の武装を適宜召喚していることで、未だ傷らしい傷は一つもついてはいなかった。

純粋な戦闘能力でも、カゲロウとアイシクルの間には大きな差が存在している。

アイシクルがカゲロウに勝っている点は何か。

そう考え——アイシクルは答えを出した。

そして少しだけ逡巡してから——覚悟を決める。

「次の一撃で——決めますわ」

「——ふぅん、それなら、僕も」

カゲロウの全身に積層魔法陣が浮かび上がる。

そして彼は光が収まった時には、見たこともないような漆黒の鎧を身につけていた。

その鎧から発される魔力量は、今までに見たどの武装よりも多い。

けれどアイシクルも、ここで怖じ気づくわけにはいかない。

自分は——負けるわけには、いかないのだから。

アイシクルはここに来て、魔力を温存するという考えを捨てる。

そして今自分が放つことのできる最強の一撃を放つために、精霊に問いかけた。

「コール・エレメンタル」

「——っ!?　なんだ、この気配は……」

ぞわりした感覚に、鎧を着込んだカゲロウがその身を小さく震わせる。

彼の目の前にいるアイシクルは、不敵な笑みを浮かべながら両手を挙げていた。

アイシクルの頭上には、小さな魔法陣が描かれている。

ただしそれは、塗りつぶされているただの真っ赤な丸にしか見えなかった。

けれどよく目を凝らしてみれば、そこに記されている膨大な情報を見て取ることができる。

これは……マズい。

そう直感したカゲロウが本気を出し、即座にアイシクルを殺すべく飛翔する。

けれど彼の持つ剣がアイシクルを貫こうとするよりも——魔法陣から現れた何かが、その剣を摑む方が早かった。

『……うふふ、他愛ないのね』

そこにいたのは、華奢な体格をした少女だった。

けれどその声には、体軀の小ささと幼さに見合わぬだけの色香を感じさせる。

そんなアンバランスな印象を抱かせる少女は、楽しそうに笑い剣を握った。

そのほっそりとした白い指が、うっすらと赤く光る。

現れた現象は、想像を絶した。

カゲロウが召喚した強力な魔道具の武装が、まるで飴細工のようにぐにゃりと曲がっていく。

光の粒子になって消えていく剣を見たカゲロウは即座に距離を取り、自分の悪い予感が的中したことを悟った。

「まさか……上位精霊を」

精霊には明確な格が存在している。

当然ながら格が上がれば上がるだけ、召喚に必要な魔力量は増えていく。

上位の精霊は、それ自体が明確な意思を持つようになる。

人間より存在として上位にあたる霊的存在である彼らは、人に使役されることをよしとしない。

無理矢理にでも上位精霊と契約を結ぼうとすれば殺されたり、食べられてしまうことも少なくない。

故に上位の精霊は、使役することができない。

――けれど使役ではなく、誘導することならば可能。

それがアイシクルが生み出した奥の手。

己の持つ魔力のほとんどを注ぎ込むことで、彼女は上位精霊の行動を誘導することができるようになっていた。

「――ちいっ！」

『あらあら、そんな小細工で……』

カゲロウが新たな武装を召喚し、そのことごとくが破壊されていく。

彼は顔から脂汗を流しながら、高速で思考を回転させる。

（上位精霊の使役なんて、長い時間続けられるはずがない！　つまりここで耐え続けることさえできれば、僕の勝ちだ！）

彼は現状からも、勝機を見出すことができていた。

いくらフェロモンを使って行動を誘導するだけとはいえ、上位精霊の思考を誘導するために必要な魔力量は想像を絶するものであるはずだ。

その証拠に現在のアイシクルは猛烈な速度で魔力を吸い取られ続けているためか、意識すらもうろうとしている状態だった。

カゲロウはとにかく精霊の攻撃を捌くために、後先を考えず大量の武装を召喚しては使い捨てていく。

完全に精霊に意識を向けていた彼は——それ故に自分の胸を貫く貫手を、呆然と見つめることしかできなかった。

「ば、馬鹿な……高位精霊を動かしながら、自身でも動けるはずが……」

「ええ、その通り。だからこそその意識の間隙を突かせてもらいましたわ」

胸から血を噴き出しながら倒れるカゲロウ。

フェロモンによる誘導と魔力供給が止まったことで消えていく高位精霊。

両者を見つめながら、その腕を血で濡らすアイシクルが荒い息のままなんとか立ち続ける。

たしかにカゲロウが想定していた通り、上位精霊を動かすためにアイシクルはほぼ全ての魔力を注ぎ込まざるを得なかった。

意識を失っていたのも事実だし、事実アイシクルはあのままでは動けなかっただろう……彼女が、テイムモンスターでなかったのなら。

アイシクルが見出した勝機。

それは彼女が、ブルーノとアイビーという二人にテイムされているというところにある。

テイムされたモンスターと従魔師の間には、魔力によるパスがつながっている。

故にアイシクルは無尽蔵の魔力を持つアイビーから魔力を借り受け——その魔力を使って、最後の力を振り絞って動いてみせたのだ。

「魔王との戦いを控えているというのに、魔力を借りてしまって申し訳ございません……」

ここにいないアイビーに向けて謝るアイシクル。

魔力が完全にゼロになったわけではないため、身体はだるいが一応は動く。

荒い息を吐きながら、アイシクルは階段で休息を取ることにした。

彼女は階段の先を見つめる。

その先で繰り広げられているであろう、更なる激闘を思って——。

四階まで上がると、先ほどまで床がなかったのが嘘みたいに、足下に地面が広がっていた。

そう、地面である。

僕らを待ち受けていたのは整然と整備された魔王城ではなく……鳥型魔物の鳴き声が聞こえてく

る、火山地帯だった。

さっきの空の階もそうだけど、ここも空間が歪んでいる。

本来の広さでは再現が不可能なものを構築し直しているみたいだ。

周囲に茂っている尖った葉がついている灌木をかき分けながら歩いていく。

木々がそこまで密生しているわけではないおかげで、魔物の奇襲を考えなくていいのはありがたかった。

四階で出てくる魔物は、この場所が火山地帯だからか、火魔法を使ってくる個体が多かった。

口からマグマを吐き出すボルケーノワイバーンや、炎を全身に纏っているフレイムオーガといった、火属性の魔物の姿が目立っている。

やはり基本的には二等級で、その中にちょこちょこと一等級が入ってくる感じだ。

気持ち三階層と比べても、一等級が出てくる頻度が上がっている気がするってくらいの違いかな。

《ブルーノの兄貴》

「……ん？　サンシタ、どうしたの？」

サンシタはここで魔王十指と戦う手はずになっている。

なので僕は一旦彼から下りて、一緒に併走しながら魔物と戦っていた。

魔物を蹴散らしてから振り返ると、サンシタが僕のことをジッと見つめていた。

その感慨深そうな顔を見て、僕もなんだか少し我に返ることができた。

《あっしとはここでお別れですね》

「……そうだね。でも、またすぐに会えるよ」

《なんだか、初めて会った時が懐かしく思えやす》

「たしかにね……」

どこか遠くを見つめている様子のサンシタ。もしかすると昔のことを、思い出しているのかもしれない。

サンシタとは、なんやかんやでアクープの街に来てからの知り合いだ。

一緒に居る時間も、アイビーに次いで長い。

アイビーを頼りになるお姉さんとするなら、サンシタは出来の悪い弟みたいな存在だった。

気付けば僕も、脳裏に彼との思い出を浮かべていた。

シャノンさんとアイビーにボコボコにされているサンシタ。

皆から餌付けされている理由がわからず、なんだか嬉しそうなサンシタ。

レイさんの手にかみついて、歯茎から血を出しているサンシタ。

そしてしょんぼりとしながら、自分の木彫りの人形を作っているサンシタ。

これは本当にグリフォンとの思い出なんだろうか。

自分の記憶を疑いたくなってしまうくらいに、変なことばかりだ。

けれどだからこそ、こうして時間が経っても鮮明に思い出せるくらい、しっかりとした思い出になってくれている。

きっと変わっているっていうのは、悪いことではなくて。

そのおかげで得られるものや与えられるものも、たくさんあるんだと思う。

《あっし……群れを抜けてきて、良かったです。ブルーノの兄貴やアイビーの姉御と出会えたあっしは、幸せ者です》

聞けばサンシタは、グリフォンの群れに居づらくなって一匹で群れを抜け出してきたのだという。

彼はいつも陽気で何があってもへこたれないと思っていたけれど、昔の話をしている時のサンシタには、少しだけ影が差していた。

人にもグリフォンにも、歴史はあるということみたいだ。

「でもどうしたのさ、そんな今生の別れみたいに」

「みぃっ！」

『そうよそうよ』という感じでアイビーも頷く。

するとサンシタはへへっと笑いながら、自分の身体を軽く毛繕いし始める。

それは彼が恥ずかしがっている時によくやる仕草だった。

《なんででしょうね。お礼なんて、こんな時にしか言う機会もありませんから、つい言いたくなっちまったのかもしれやせん》

「そっか、そういう時もあるよね」

《はい、そういう時もあるんです。これでも、男なんで》

サンシタがくるりと振り返る。

そこにはいつも彼が嫌がっている、レイさんの姿があった。

魔王を倒す勇者は、基本的に魔物から嫌われることが多い。

アイビーはそうじゃないけれど、サンシタはその例に漏れず、レイさんのことを嫌っていた。

《おいレイ。あっしはここで別れるが、それはあんたが勇者だからです。ブルーノの兄貴とアイビーの姉御の隣にいるのは、あっしなんですからね》

「何を言っているかはわからんが……わかっているとも、二人のことは私に任せておけ」

《この女、全然話が通じてないでやんす!?》

サンシタの声は傍から聞いているとガルガル唸っているようにしか聞こえないので、悲しいことにレイさんにはまったく話が届いていなかった。

そんな風に一方通行の意思疎通を見守っているうちに、四階の階段へとたどり着いた。

階段が位置しているのは、火山の麓。

本来なら溶岩が堆積しているであろうところに不自然に穴が開き、階段が続く形状になっていた。

そこに仁王立ちで立っているのは、真っ赤なアフロヘアーをしている筋骨隆々の大男だ。

「俺は魔王十指、右第三指のバーナード。ここを通りたくば、俺のことを倒していくんだな！」

バーナードは、全身から炎を発していた。

よく見るとアフロヘアーも髪がもこもこなわけではなく、炎がもこもこしているように広がっているのだということがわかる。

「……と、言いたいところだが、魔王様から直々に言われていてな。誰か一人ここに残れば、先に進んで構わんぞ」

《ブルーノの兄貴、ここはあっしが》

そう言うと、サンシタが一歩前に出た。

彼を見たバーナードがそれを見て、にやりと笑う。

「俺の相手はグリフォンか……闘志があるやつは嫌いじゃないぜ、よしそこのひょろひょろ共は通っていいぞ」

僕らからは興味がなくなったのか、サンシタだけをジッと見つめているバーナード。

なるべく刺激しないようにゆっくりと動いていると、背中からサンシタの声が聞こえてくる。

《ブルーノの兄貴、アイビーの姉御……今まで、お世話になりやした》

「今生の別れじゃないんだから。だから……またね、サンシタ」

「みぃみぃっ！」

《はい……また、後で》

階段を上る僕達は、振り返る。

するとバーナード越しにサンシタがこちらに手を振っている様子が見えた。

その様子の無邪気さを見ると、なんだか気分が軽くなってくる。

こうして僕らは五階へと向かう。

来る魔王との戦いは、着実に近付いていた――。


サンシタは歩いていくブルーノ達の背中を見つめていた。

彼は時折、考えることがある。

今の幸せな毎日は、実は夢か何かなのではないか。

実は目が覚めると自分は、あのグリフォンの群れの中で眠っているだけなのではないかと。

彼にとってブルーノ達と出会ってからの日々は、毎日が刺激の連続で。

そしてそんな風に思ってしまうほどに楽しく、かけがえのないものだった。

「今生の別れじゃないんだから。だから……またね、サンシタ」

「みぃみぃっ!」

先ほど言われた言葉が、サンシタの頭の中に何度も何度も駆け巡っている。

また会えるだろうかと思い、いや違う。なんとしてでもまた会うのだ、と強い気持ちを持つ。

《兄貴、そして姉御……》

《あっしは勝ちやす、なんとしてでも》

故にサンシタは、その瞳の奥に決意を漲らせていた。

いつもの彼らしくない真面目くさった、悲壮感すら感じさせる顔をしながら、バーナードの顔をジッと見つめている。

「人間と魔物に忠義を誓うグリフォンか……物語の一節みたいで、感動するじゃねぇの」

サンシタの覚悟の決まった目を見たバーナードが笑う。

彼の笑い声に合わせて、頭の炎が、メラッと強く燃え盛る。

どうやら頭の炎の強さは、感情と連動しているようだ。

《あっしは負けません。最初から全力で行きやす――っ！》

サンシタの修行内容とは、エルフの里に行き魔法についての造詣を深めるというもの。

その後の戦闘訓練も含めて、エルフ達と共に行動をしていた。

その成果を発揮するかのように、サンシタの眼前に、六つの魔法陣が生まれ出す。

赤・青・橙・緑・白・黒。

サイコロの六の目のように、横に二列、縦に三列という均一の距離感で並んでいる魔法陣が、突如として動き出す。

まるで歯車をかみ合わせるかのように、横の魔法陣と重なり、三つの大きな魔法陣が生まれた。

そして三つの魔法陣が今度は縦に重なり、一つの大きな魔法陣になった。

先ほどとは異なり虹色の強い輝きを宿す魔法陣に、サンシタが魔力という形で命を吹き込む。

《虹色の輝く吐息《レインボー・ルイン》！》

そして魔力による衝撃が、不可避の一撃となってバーナードへと命中した――。

彼は元より、魔法を使うことができた。

けれど学んでいくうちに火炎を吐いたり爪の貫通力を上げたりといった魔法は、魔法技術そのものの奥深さからすると、かなり初歩的なものだということがわかってくる。

それを知ることができたのは、嫌になるほど受けてきたエルフの里の講義のおかげである。

「そもそもの話、魔物が使う魔法というものは人間や我々エルフが使うものとは異なっています。魔物は高い身体能力や、一晩経てば傷を治せるだけの再生能力を持っています。それは魔物が魔力との親和性が非常に高く、またその体内に大量の魔力を持っているからです。だというのに魔物の中に、強力な魔法を使うことができるものはほとんどいない。我々の言葉では魔力撃や魔力放出などとも言われる、元からの魔力との親和性に飽かして力任せに事象改変を行うくらいが関の山なのです」

《な、なるほどでやんす……》

エルフの魔法技術は、サンシタが知っている人間のそれと比べてもはるかに発展している。

そしてその発展を支えているのは、系統的な分類や、学術用語によって記された数えるのも馬鹿らしくなるほどの論文や基礎研究であった。

それら全てを覚えていくのは、元からあまり物覚えの良くないサンシタにとってはとにかく疲れるものであった。

だがサンシタは決してふてくされることもなく、真面目に勉強に励み続けた。

全てはアイビーとブルーノと一緒に居たいという、その一心からである。

そしてその結果、彼は魔物であるにもかかわらず、エルフの扱う高度な魔法技術を身に付けるに至ったのである――。

サンシタが放ったのは、複合属性魔法である虹色の輝く吐息だ。

全属性の魔法を重ね合わせ、そこに更に己の純粋な魔力を加えることで七つの魔力を重ね合わせ、その相乗効果による破壊をまき散らすことのできる、現在のサンシタが放つことのできる最強の遠距離用魔法である。

「ぐうっ……今のは、効いたぜ……」

けれどサンシタの一撃を食らっても、バーナードは倒れてはいなかった。

――それを見たサンシタは覚悟を決める。

サンシタは実に多様な魔法を使うことができるようになった。

けれど純粋な威力で言えば、この魔法が彼が放つことのできる最大威力の魔法である。

これで勝負が決まらない時点で、サンシタは自身の奥の手を使うことを決める。

――そう、彼には奥の手がある。

彼が持っている鬼札は、使えば勝負を決められるが、同時に自身の身を多大な危険に晒すことになる。

なので使わずに済めばそれが一番良かったのだが……。

(流石にそんなに甘い相手じゃあない……格上を相手に勝とうとするんなら、相応のリスクを負わなくちゃいけやせん)

バーナードの全身は、焼けただれたように皮膚が崩れている。

けれど彼の頭がボッと強く燃えると、その傷が塞がり始めていた。

回復魔法も使えるとなれば、魔力の総量が少ないサンシタに持久戦での勝ち目はない。

——なのでこの一撃で決めにいく。

自分の最大の一撃を食らって相手がふらついている今この瞬間が、最高にして最大の好機だった。

《行くでやんす!》

サンシタは一度軽く息を吸ってから、バーナード目掛けて駆けだし始める。

身体強化の魔法は使っていないため、純粋な脚力による疾走だ。

その速度は、先ほど放った虹色の輝く吐息と比べてもずいぶんと遅い。

けれどその身体が、うっすらと光り始めていた。

一歩地面を踏みしめる度、大地にできる足跡が大きくなっていく。

そして足取りはだんだんと力強くなっていき、歩数が十を超える時にはその速度は明らかに速くなっていた。

駆ける度駆ける度、サンシタのスピードは上昇していく。

そして彼の全身を覆う光もまたどんどんと強くなっていった。

「おいおい、なんだよそいつは……」

未だ完全に傷が癒えきっていないバーナードの顔がひくつく。

魔王十指の彼をして、その威力と速度の上がり方は明らかに異常そのものだった。

魔物は、魔力との親和性が高い生き物だ。

魔物は二種類居る。

魔力によって変質した元は普通の生物だったものと、魔力のみによって構成された純正の魔物とだ。

グリフォンはこのうち、後者に分類される。

グリフォンはその存在そのものが魔力によって構成されているため、魔力との親和性が非常に高い。

それは魔法を覚えずとも初歩的な魔法を使うことが可能であり、そしてサンシタの使うことのできる奥の手とも関係がある。

バリバリと、サンシタの周囲に満ちる魔力が迸り始めた。

そして光は直視することが難しくなるほどに強く輝き……サンシタと一体化していく。

周囲に展開している魔法と、彼そのものの輪郭の境目が消えていく。

そして彼の身体は――光となった。

大地にサンシタの足跡がつくことはなくなった。

その脚は大地を踏みしめることなく、サンシタはただ一つの光線として魔力という推進力のみを使って宙を飛んでいく。

今のサンシタは、魔法という現象そのものだ。

故にサンシタはただバーナード目掛けて発射された魔法として、光の速度で直線距離を突き抜けていく。

これこそが、サンシタが放つことのできる奥の手。

身体そのものがほぼ全て魔力によって構成されている一等級の魔物が、エルフ達が発展させた魔法技術の粋を使うことによって放つことのできるようになった必殺の魔法。

自身を一つの魔法として射出する、その奥義の名は――。

《――英雄《サンシタ》と共にある者！》

バーナードは必死になってその一撃を避けようとするが、速度はサンシタの方が速い。

それならばと迎撃の態勢に入るが、魔法としての威力もサンシタの方に圧倒的なまでの分がある。

そして一筋の光が、己の敵を撃ち貫いた。

「あ……が……」

実にあっけなく、魔力化したサンシタの肉体はバーナードを貫通し、そのまま内側で弾けた。

そしてその場所には、

「み、見事……」

バーナードは本来持っている力を発揮させることなく、倒れた。

放たれ拡散した光が、一箇所に集束していく。

そしてその光はゆっくりと時間をかけて、サンシタの形になっていった。

《はあっ、はあっ……な、なんとか、勝てたでやんす……》

光はちらちらと明滅するが……そのままサンシタの身体が再構成されることはなかった。

まるで不定形の液体のように、サンシタの肉体の輪郭がぼやけてしまったまま時間が過ぎていく。

《や、やっぱり、ダメだったでやんすか……》

彼が奥の手として開発したこの魔法は、自分の魔法の師であるハイエルフのアラエダからも厳しく使用を制限されていた。

魔力によって構成されている身体を魔力に戻し、自身が持っている魔力と合わせて一つの魔法として射出する。

この技の最も危険なところは、魔力になった己の身体を元に戻せるかどうかがわからないところにある。

魔法として放たれることで魔力の総量は減少するし、魔法は拡散してしまえば元の魔力には戻ら

ない。

故に一度魔法に己の身体を作り変えてしまえば、己の身体を再構築できるという保証がないのだ。

だがサンシタはそれでも、この技を使うことを選んだ。

ブルーノとアイビーに託されたから。

彼らの隣に立てるようなグリフォンになりたかった。

たとえそれで、自分の命が危険にさらされることになったとしても。

《あっしは……お役に立てたでしょうか……？》

サンシタの身体が、光の粒子になって消えていく。

そして……、

「みぃ」

小さな声が、聞こえた。

それは出来の悪い弟分を叱っている時のような、厳しくも愛に溢れた声音をしていて。

光が、一箇所に凝集していく。

まるで散らばってしまったジグソーパズルを一つに作り直していくかのように。

そして光が収まった時、そこには……。

《すぅ……すぅ……》

満足げな顔をしながらよだれを垂らして眠っている、サンシタの姿があるのだった——。

五階に上ると、そこは先の見えない霧がかかった空間が広がっていた。

数歩先まで見えないほどの濃霧で、これを進んでいくのはかなり骨が折れそうだ。

そう思って、いたんだけど……。

「これって……転移魔法だよね？」

僕らが階段を上ってからあたりの確認をして、気合いを入れ直してからすぐのことだった。

突如として、僕らの前に見たことのある真っ黒な空間が現れたのだ。

これがあの魔王十指のクワトロが作ったものだと、なぜか僕はすぐに理解することができた。

もしかすると罠なのかもしれない。

けれど冷静に考えて、あちらにそんなことをするメリットがない。

だから多分、大丈夫だとは思うんだけど……。

「アイビー、中に入っても大丈夫だと思う？」

「みみ……」

アイビーが目を閉じて、考えるような感じで眉間にしわを寄せる。

そして……。

「みぃっ！」

『大丈夫！』という感じで、元気に手を叩いていた。

彼女がそういうのなら、間違いはないだろう。

予感が確信に変わったので、僕らはそのまま中へと入っていくことを決める。

するとそこには……。

「やぁ」

と気軽にこちらに手をあげているクワトロと。

「ほぅ、あれが……」

こちらを興味深そうに見つめている、頭に二本の角を生やした赤髪の美丈夫が居たのだった——。

「正直なところ、五階と六階はギミックが多くてね。本来であれば勇者パーティーを消耗させるためのものだから、とにかく時間と精神をもっていく作りになってるんだ。まぁそれでも良かったんだけど……君達なら大して消耗もしないだろうから、ショートカットを用意しておいたんだ。念のためのつもりだったから、まさか本当に使われるとは思ってもみなかったけど」

クワトロと恐らく右第五指と思われる男は、日傘を差したテーブルの下で優雅に紅茶を飲んでいた。

彼らは僕らの姿を確認しても、その態度を崩そうとしない。

それどころか……。

「まぁ立ち話もなんだろうから、君達も座りなよ」

クワトロがパチリと指を鳴らすと、僕らの前に再びあの闇の空間が現れる。

パキッと枝が折れるような音がしたかと思うと、次の瞬間には僕らの前にも彼らが使っているのと同じテーブルが一式置かれていた。

いきなりそんなことを言われても……僕は無意識のうちにレイさんの方を見つめていた。

彼女も呆けたような顔をして僕の方を見つめていて、互いに視線がぶつかり合う。

(ど……どうしましょう)

(どうしましょうって言われても、とりあえず座るしかないだろ)

小声で作戦会議を開いてから、言われた通りに椅子に座る。

金属製の椅子だけど不思議と座り心地は悪くなかった。

というか理屈は不明だけど、お尻のあたりには革張りの椅子のような温かみまである。

多分だけど、相当に高い代物なんだと思う。

「安心していい。ここで僕達を倒すことができれば、この先に待っているのは魔王様の待つ玉座の間だ」

そう言ってクワトロが指をさした先には、赤い絨毯の敷かれた階段が見える。

そして階段の上の空間が、明らかに淀んでいた。

何か黒い霧のようなものが、階段の先からこちらに漏れ出している。

あれは……魔力なんだろうな、多分。

目に見えるほどの濃密な魔力は、見ているだけで胸が詰まりそうだ。

あの先にいるのが……魔王。

つまりここを超えることができれば残すのは、魔王との最終決戦になるわけだ。

まあいきなり出鼻をくじかれちゃったわけだけど……。

とりあえず出された紅茶を飲ませてもらう。

悔しいことに、口に含んだ紅茶は、今までに飲んだことがないほどに芳醇な香りがした。

「君達は、焼き菓子食べるかい？」

「要らないです」

「必要ない」

「そっか。ベリアル、君は？」

「いただきましょう……あ、我は右第五指、『魔将』ベリアルと申す」

名乗ったベリアルが焼き菓子を食べるのを、僕とレイさんは黙って見つめていた。

彼女と視線を交わし合う。

レイさんは明らかに緊張している様子だ。

向こうは自然体な様子だが、僕らからすればいつ戦闘が始まるか気が気じゃないため、紅茶なんか飲んでもまったく気が休まったりはしない。

クワトロは無表情な顔を崩すことなく焼き菓子を食べ、そのまま無機質な瞳でこちらを見つめてくる。

黒い眼帯をしているため、開かれている目は一つしかない。

「せっかく勇者達と親睦を深めるつもりだったんだけど……どうやらあまりお気に召さなかったようで、残念だよ」

「……これから戦うんだから、親睦を深める必要はないのではないか？」

「見解の相違だね。僕は女性を抱く時には、来歴をしっかりと知っておきたいタイプなんだ」

「――なっ!?」

緊張したまま少しけんか腰のレイさんは、予想外の答えに口をパクパクと開く。

どうやら彼女にはまったくそっち方面の耐性がないらしく、顔を真っ赤にさせていた。

「少し下世話なたとえをしたけれど、相手がどんな人物か知っておくのは大切なことだよ。敗者の歴史はそこで終わるが、勝者はそれからも歴史を紡いでいく。そうして勝者に都合の良いように、歴史というのは書き換えられてきたんだから」

「それは暗に、勇者のことを批判しているの？」

「まさか。勝った側がいいように歴史をねつ造できるだなんて、世界というのは本当に素晴らしいなぁと皮肉を言っているだけさ」

「批判と大差ないと思うけど……」

初対面で有無を言わさず攻撃を仕掛けられたり、本来なら仲間のはずの魔王十指の死体に対して攻撃を加えようとしていたのを見たからだろうか。

僕はクワトロのことが、あまり得意ではない。

「まあ、対話をしないと言うんならそれでもいい。それなら――やろうか」

ドゴオンッッ!!

テーブルが僕らの方に蹴り上げられ、風切り音を立てながらこちらへ飛んでくる。

「ふっ！」

軽く拳を当ててテーブルをクワトロの方へ飛ばし返してやる。

するとクワトロは少しだけ目を見開いたまま静止し、テーブルの脚が彼のお腹に突き立った。

衝撃に土煙が上がり、その奥から何かを払うようなパンパンという音が聞こえてくる。

「どうやら前より強くなったみたいだね、動きが見違えたよ」

土煙の中から、当然のように傷一つついていないクワトロの姿が現れる。

そして僕とクワトロがにらみ合っている隣で、もう一つの戦いも始まろうとしていた。

レイさんとベリアルが向かい合いながら、お互いを見据えていた。

「魔王様のために……死んでもらおう」

「死ぬのは……お前だ！」

レイさんが鞘から抜いたオリハルコンの剣と、ベリアルが握る黒剣がぶつかり合い、火花を散らす。

「慟哭閃《ラメント》」

「ライトアロー」

その少し後ろから二人を追いかけるように、僕とクワトロの魔法がぶつかり合った。

こうして最終決戦前の最後の戦いが、幕を開けるのだった――。

あらかじめ言っておくけれど、僕は戦うことがあまり好きではない。

だから戦闘それ自体が楽しいということは、結局最後までなかった。

けれど僕には、才能――アイビーのおかげで身についたものだから、後天的な才能とでも言うべきかもしれない――があった。

僕とアイビーは、魂でつながっている。

サンシタとアイシクルにテイムをした時と要領は同じだ。

けれどその魂のパスとでも呼ぶべきものは、テイムなんかとは比較にならないくらいもっと根源に近い方にある。

だから僕は彼女の力を使うことができる。

でも彼女から力を借り受けるばかりでは、ダメだと思った。

僕は僕自身の力だけでしっかりと戦えるようにならなければいけないと、そう思ったのだ。

それはきっと、親離れする子供に似た感情で。

僕は自分一人だけで戦えるようになるために修行をしたのだ――。

「みぃっ？」

肩に乗ったアイビーが、僕の方を見つめてくる。

僕のことが心配なのか、うるうるとその瞳を潤ませていた。

彼女の顎をちょいちょいと指でつついてやってから、地面に下ろす。

そして笑いかけてやりながら。

「安心してよ。僕だって強くなったんだ。だから……アイビーは、そこで見ててほしい」

「――みぃっ！」

アイビーはこくりと頷き、手を前に出しながら祈るようなポーズを取っていた。

彼女はこれから魔王との戦いを控えている。

なのでできれば消耗させることなく、僕だけでクワトロを倒したいところだ。

「さて……それじゃあ、やろうか」

僕は少し距離を置いて向かい合うクワトロの方を見つめる。

彼の戦闘能力は未知数だ。

僕が見たことがあるのは、先ほど彼が撃った慟哭閃という黒いビームを出す魔法だけ。

ただ飛び道具を使ってくるってことは、相手は遠距離型なんだろうか。

であれば僕と彼の戦いは、魔法の撃ち合いということになる。

「ライトジャベリン」

「慟哭閃」

ライトアローより威力の高い、光の槍を放つ。

それもまた、慟哭閃で防がれた。

けれど先ほどと違い、両者の魔法がぶつかり合い、爆発し合ったのはクワトロの側に近い。

それならもう少し威力の高い技を使って、彼の手札を開かせることにしよう。

「ライトスタック」

かつて天界で磔刑に処されたという光属性の神を象徴する、光の杭。

ライトジャベリンよりも更に威力が高く高速で飛翔するそれを見たクワトロは、人差し指一本だけではなく二本目の中指を立てた。

「哀哭閃《メメント》」

彼が放った新たな技は、以前から見慣れた慟哭閃より一回り大きな黒の光。

ぶつかり合った魔法が両者の中間地点でその威力を発揮させ、爆発が起こる。

爆風が頬を撫で、強風にあおられて前髪がめくれ上がった。

「――これじゃあ、キリがないな」

そう言ってクワトロは、ポケットに手を入れる。

次いで聞こえてきたのは、パキ……という薄氷を踏みしめるような音。

彼の姿が闇の中へ入り、そのまま消える。

虚空に消えた彼を目で見て追うことは難しい。

故に僕は瞼を閉じて、己の感覚を研ぎ澄ませる。

――そこっ！

光の魔力を纏わせて放った拳が、先ほどまで何もなかったはずの空間を強かに打ち付ける。

「……なっ⁉」

転移を使い僕のすぐそばから攻撃をしようとしたクワトロは、顔面にストレートを食らいそのまま後ろに吹っ飛んでいった。

恐らくだけど、クワトロの戦い方は転移によって距離を取ってからひたすら魔法を連射するチクチク戦法だ。

僕は転移魔法を使うことができないから、それをやられると今のように気配と魔力を頼りに相手を叩くモグラ叩きゲームのようなことをしなければいけなくなる。

おまけに相手は何度も失敗できるけど、こちらは一回ミスしただけで手痛い反撃を受けるなかなかのゲームバランスだ。

で、あるならば。

僕がすべきは、クワトロに転移をさせないこと。

それだけの余裕を与えずに攻撃を加え続けることだ。

ラッシュ、ラッシュ、ラッシュ！

右の拳を振り抜いて、そのまま軸足を変えて裏拳の要領でもう一発。

そのまま勢いを殺さず一回転しながら回し蹴りを喰らわせ、相手の身体を浮き上がらせる。

両手を固く組んでから握り、思い切り振り下ろす。

クワトロが地面に吹っ飛ばされ、そのまま勢いよくめり込んだ。

そこに僕はすかさずの攻撃。

「パイルライトアロー――装填」

ライトアローを輪投げの輪のように腕の周りにいくつもぐるりと巻き付け、そのままクワトロの下へ落下。

インパクトの瞬間に、パイルライトアローを発動させる。

一本を除いてほぼ全てを拳の向きと合わせて放つ。

そして一本だけを内向きに放つことで、超速のライトアローによって拳を更に加速させる。

ドゴオオオオンッ!!

爆発の勢いで地面がめくれ上がり、土砂崩れが起きたような状態になる。

「ふ……う……」

以前のパイルライトアローと比べれば、威力は格段に上がっている。

一撃でアイシクルを仕留めたあの時の、ざっくり三倍程度にはなっているはずだ。

更に言えばライトアローによる加速、プラス魔力による身体強化の分の威力も乗っているので、純粋な破壊力だけで言えば三倍では効かないはずである。

土煙が視界を茶色く染め、何も見えなくなった。

状況を少しでも読み取れるように聴力に意識を集中させると、遠くから聞こえてくる剣戟の音がよく拾えるようになってくる。

どうやらレイさんもあのベリアルとかいう角付きの魔物と戦っているみたいだ。

確認するだけの余裕はないけれど……とりあえず健闘を祈っておこう。

そんな風に考えていると、土煙が晴れる。

(……まぁ、あれだけで仕留められるだなんて思っちゃいないさ)

現れたのは、ボロボロの服を身に纏うクワトロだった。

全身には擦り傷が、そして高熱のパイルライトアローを間近で喰らったことで腹部の服は破れていた。

当てた瞬間には大穴が開いていたはずなんだけど、どうやら即座に回復させたようで、そこからは白い肌が見えている。

クワトロはふらふらとした足取りでこちらへと歩いてきてから、そのまま前屈みになった。

そしてそのまま何かを堪えるように身体を震わせながら力を溜め、

「ふ……ふふっ……あははははっっ!!」

上体を起こしながら、おかしくなってしまったように笑い出す。

そしてそのまま——。

「まさかここまでとは……僕も本気を出さなくちゃいけないね」

次の瞬間、クワトロの姿が消える。

視界だけじゃなく聴覚や触覚まで鋭敏になっているはずだ。

どこに消え——。

「今度は僕の番だ」

気付けば僕は背後から飛び出してきたクワトロに、思い切り殴りつけられていた。

肩へ振り下ろされた一撃によって、今度は僕が地面に叩きつけられる。

意趣返しってわけかい?

……やっぱり僕は君のこと、あんまり好きじゃないみたいだよ、クワトロ。

「接近戦は好きじゃないだけで、別に苦手ってわけじゃない」

彼は自身の言葉の正しさを証明するかのように、流れるような体さばきを見せてくる。

拳の向き、角度、力の入れ具合。

フェイントによる虚実と本命の狙いを当てるための工夫。

速度ではそこまでの差はないけれど、流石にそこは右第四指なだけのことはあり、戦闘経験では
あちらの方に分があった。

僕の本命の攻撃はことごとくがかわされるか相殺され、逆に僕の方は相手の狙いがどこにあるのかが理解できず、完全に防御姿勢に移れない状態で一撃をもらうことになってしまう。

「そうみたいだ……ねっ！」

一旦大振りの攻撃を入れて、距離を取る。

僕の方は若干息が荒くなっているが、あちらはいつもの調子を取り戻しているようで、呼吸は激しくなってはいるものの、荒くはなっていない。

「どちらかと言えば魔法戦の方が得意だけどね……肉弾戦なんて、優雅じゃないだろう?」

彼の放つ黒の光。

この強さなら問題なく弾ける。

光を纏わせた拳で、その光を叩き返してやる。

「そうかもね」

僕は再度クワトロに接近。

転移魔法を使われて一方的になるくらいなら、接近戦を挑んだ方がまだマシだ。

「君の魔法の出力はわかった。勇者じゃない君がここまでやれただけでも大したものさ。だからこれで……」

クワトロが放つ黒の光が、彼の拳に集束する。

そしてその拳が僕の身体の芯を捉え——。

「あが……っ!?」

そしてその一撃が放たれるよりも先に、僕のアッパーが彼の顎下にヒットする。

そして僕は先ほどまでよりも更に出力を上げて、クワトロをボコボコに殴り始めるのだった――。

「何か言ったかな？」

僕には魔法の才能がない。

これはしっかりと訓練をするようになって、改めて突きつけられた現実だった。

僕は深い絆で結ばれているアイビーの魔力を借り、力を発動させることができる。

そして彼女の力を使うこともできる。

けれど僕がアイビーの力を全て使うためには、彼女の補助が必要だった。

そしてそれをしてアイビーが疲れてしまっては、そもそも僕が戦う意味はない。

なので僕は一人で戦うことができるよう、訓練を続けた。

そこで、わかったことがある。

どうやら僕個人の魔力が、とてつもなく多いらしいということだ。

これは考えてみると当たり前の話だった。

僕はいつも、無限にも近い魔力を持っているアイビーと魔力によるパスがつながっている。

人は魔力をタンクのように貯めることができる。

そして限界量を超えた魔力が供給されると、溢れて漏れてしまうようになっているというのは有名な話だ。

　では限界量を超えた魔力を供給され続けた人間は、果たしてどうなるのか。

　それを知っている人間は、今までは一人もいなかった。

　そんな意味のなさそうことをする人は……アイビーから魔力をもらって戦う、僕みたいな例外を除いて誰一人としていなかった。

　アイビーが魔法を使う度に、彼女の無限にも近い魔力のうちの一部が、パスを通じて僕の方に流れてきていた。

　アイビーの魔力総量から見ればわずかなものであっても、純粋な魔力量としてはとてつもない量だ。

　彼女から力を借りる度、彼女が力を発揮する度、ことあるごとに僕の中にとてつもない量の魔力供給が行われ続けた。

　その結果がどうなったかというと……。

「はあああああっっ!!」

「ごふ……っ!?」

　僕の拳が、十字にクロスさせた腕を貫通して腹部を貫く。

　クワトロが吹っ飛んでいくのに合わせてそのまま攻撃を続行し、魔力量に飽かせた身体強化でそのままクワトロのことを吹き飛ばし続けた。

彼が防御をするのなら、それを吹き飛ばすくらいに強く。

彼が攻撃をしてくるのなら、それをはじき返してそのまま攻撃が続けられるくらいに強く。

ただそれだけを考えて、魔力を湯水のように使い続けていく。

――魔力のタンクがいっぱいになる度に、身体はより魔力を受け入れられるよう、変化していった。

そうして人知れず、僕が彼女を拾ったあの時からずっと、少しずつ少しずつ僕の魔力貯蔵量は増えていった。

故に僕の魔力総量は……自分でもわからないくらいでたらめな量にまで増えていた。

アイビーと同じように、どう頑張っても使い切れることがないくらいに。

「馬鹿な……それだけの魔力を宿して、なぜ身体が壊れないィッ！」

なぜなのかは僕にはわからない。

いくら貯蔵量が増えると言っても限界がありそうなものだけれど、僕は体内の魔力が多すぎるせいで身体に不調を来したことは一度もない。

もしかすると後ろで僕のことを見守ってくれている勝利の女神が、何かをしてくれたのかもしれない。

……そうだ、今僕の戦いを、アイビーが見てるんだ。

彼女に見せても恥ずかしくないような戦いを、しなくちゃねっ！

「ライトアロー――五百連」

発動と同時に叩き込まれる五百の光の矢。

一本一本に大量の魔力を込めているが故に、百を超えたところでクワトロの防御を貫通して彼の身体にダメージを与えられるようになった。

――アイビーには多彩な技があるけれど、僕はそのうちの大体一割くらいしか使うことができない。

なので僕は強くなるために……敢えて選択肢を、自分から狭めることにした。

僕が全力で戦う時に使うのは、身体強化の魔法、ライトアロー、そしてライトアローを重ねて使うことで加速させ威力を上げるパイルライトアロー、この三つだけだ。

この三つの練度を上げ続け、魔力効率を上げ、そこにただひたすらに大量の魔力を注ぎ込み続ける。

それによって僕の戦闘方法は、完全に確立された。

「ライトアロー――千連」

僕の頭上に、シャンデリアのように展開された大量の光の矢が現れる。

それを迎撃するためにクワトロが同量の闇の光を展開させた。

光と闇がぶつかり合い、怒濤のような音が鳴り響く。

「パイルライトアロー――装填」

だがあのライトアローすらも、完全な牽制。

彼の意識が上に向いたその瞬間、身体から漏れ出してしまうほどの大量の魔力を使用して身体強化を発動。

クワトロに殴りかかり、攻撃の瞬間に己の腕の周囲に展開しておいたパイルライトアローを、インパクトの瞬間に解放させる。

「あがあぁっ!!」

クワトロの口から、血が噴き出す。

けどあまりに大量の魔力が込められすぎたことで超高温と化したパイルライトアローは、血中の水分すら一瞬で蒸気に変えてしまう。

ジュッという音が流れ、クワトロが吹っ飛ぶ。

「パイルライトアロー……五十連」

僕とクワトロの間に、パイルライトアローのラインを作る。

そして身体強化に魔力を注ぎ込み、でたらめな出力で全力疾走。

パイルライトアローをパイルライトアローで加速させ、光の速さになった一撃を放つ。

「くっ……魔眼――解放!」

クワトロはその一撃を前にして、眼帯を取って隠されていた左目を露わにした。

そこにあったのは、複雑な模様の描かれている紅の瞳だった。

「消去《バニッシュ》！」

腕にかかっていた負荷が消え、パイルライトアローが消えた。

どうやらクワトロの魔眼は、魔法そのものを無効化する力があるようだ。

けれど既に発生している身体強化には反応しないらしい。

それならどうとでも、やりようはあるよねっ！

殴り、蹴り、吹き飛ばし、なぎ払う。

相手の全てを貫通しながら、僕はただひたすらに身体強化のごり押しで攻撃を叩き込み続けた。

「む、むちゃくちゃだ……こんな戦い方っ！」

「無理も押し通せば――道理を引っ込ませることだって、できるのさっ！」

蹴り上げがヒットし、クワトロの身体が空中へ飛んでいく。

僕は落ちてくる彼目掛けて、己の放つことのできる最大の一撃をぶつけることにした。

魔眼で魔法をなかったことにされるというのなら……一つを消されてもいいように大量の魔法を展開させれば良いだけのことっ！

「ライトアロー――千連……かける十、それから……パイルライトアロー――百連かける十」

大量のライトアローと、大量のパイルライトアローが、自然落下するクワトロ目掛けて放たれる。

クワトロが魔眼を使い威力の高いパイルライトアローを消そうとするが、万に届くライトアローが重なってしまうせいでなかなか狙い通りに魔法を消すことができない。

普通の魔法使い相手だったら無敵だったかもしれないけど……僕にはその魔眼は、あんまり通用しないみたいだ。

完全に攻撃を消しきれずに食らい、ボロ雑巾のようになったクワトロに更に追撃を加える。

これで——最後だっ！

「パイルライトアロー——装填……どっせえええええいいっ!!」

光速の矢を纏った僕の拳が、クワトロにクリーンヒットする。

そして……。

「魔王、様……どうか……」

クワトロはその言葉を残して塵になって消えていくのだった——。


「はぁっ、はぁっ……終わった、よね？」

いくら魔力が使い切れないほどあるからといって、無制限に魔法が撃てるというわけじゃない。

魔力を変換して魔法を使うわけだから、魔力の多寡とかは関係なく疲れるのだ。

むしろ大量の魔法を一度に使ったり、本来ではありえないくらいに大量の魔力を使ったりするわけだから、消費する体力は普通に魔法を使う時と比べても何倍も多くなるくらい。

クワトロを圧倒するために気にせずに大量の魔力を使いまくったから、今になって疲れがドッと押し寄せてきている。

急に気を失ったりするほどではないけれど……少なくともしばらくの間、魔法は使いたくないなぁと思うくらいにはヘトヘトだ。

「――ってそうだ、レイさんの方は!?」

戦いも終わり一息ついたところで、僕はそういえば近くでもう一つの戦闘が展開されていたことを思い出していた。

もしレイさんが劣勢だったら、急いで加勢しなくちゃ。

そう思って当たりを見回してみると……。

「ぐ……あ……」

そこには胸から虹色の光を生やしているベリアルの姿があった。

胸から血を噴き出しながら地面に倒れると、大きな影に隠れて先ほど見えなかったところに、息を荒げながらも意識を保っているレイさんの姿があるのがわかった。

見れば彼女の方も全身が傷だらけで、満身創痍な状態だった。

けれど戦闘自体は無事に終わったようで、どこか呆然とした様子で自分の剣を見つめている。

「お疲れ様です、レイさん。レイさんの方も勝てたみたいですね」

「あ……ああ、勝ったのか、私は……」

最初はぼうっとした様子だったけれど、徐々に実感が湧いてきたからか、すぐに彼女はグッと力強く拳を握り、僕の方を見つめてきた。

自信に満ちたキラキラとした瞳は、今までで一番美しく見える。

「私の方は辛勝だったたな。というかこれ……一体何がどうなったらこんなことになるんだ……？」

レイさんは我に返った様子で、僕達が戦ってできた跡を見つめている。

そこには天変地異でも起きたんじゃないかというほどの惨状が広がっている。

わ、我ながらちょっと気合いを入れ過ぎちゃったかもしれない……。

「これを見ると、私のベリアルとの激闘がなんだかかすむ気がしてくるな……」

「そ、そんなことないですって！　それに……」

僕の視線の先には、あれだけの暴威にさらされながらも傷一つついていない階段と、変わらず漏れ出している真っ黒で不気味なオーラがある。

「これからのアイビーと魔王の戦いの前では、どんな戦闘だってかすんじゃいますよ」

「そ、そうだった。まだ本番はこれからなんだ、こんなところでもたもたしてられないよな、うん！」

気を取り直した様子のレイさんと話をしながら、僕らの戦いを見てくれていたアイビーの下へ戻る。

「――みっ！」

アイビーはぴょんと飛び上がると僕の頭の上に足を置いて、なでなでとなで始めた。

「みぃみぃ」

よく頑張ったと僕を労うかのような優しい手つきだった。

浮かんでいる表情も、なんだかこっちが恥ずかしくなるくらいの満面の笑みだ。

「みぃっ！」

「お……押っ忍！」

そのままレイさんの前に行くと、アイビーは腕を組んだ。

そして良くやった、という感じで目をつぶって頷いている。

アイビーとレイさんは師匠と弟子の関係なので、僕とはまた態度が違うんだろう。

僕らは小休止を取って、ある程度動けるようになってから向かうことにした。

この魔王城の頂上にある――魔王が待つ玉座の間へ。


「――みぃっ！」

『任せて！』という感じでアイビーは軽い足取りで向かっていく。

彼女の頼もしい背中を見ていると、不安なんてものはまったく湧いてこなかった――。

階段を上っていく。

僕らが横に並べるくらいの幅はあるけれど、アイビーを先頭に、レイさんと僕がその後ろをついていく形でいかせてもらうことになった。

コツコツと、階段を靴が叩く音だけが聞こえてくる。

各階をつなぐ階段は今まではそれほど長くなかったけれど、最上階につながるこの階段だけはまだまだ先が見えないくらいに長い。

(この先に……魔王がいるんだよね)

僕らは魔王を倒すために魔王城へやってきた。

だからここまで来れたこと自体は、とても嬉しい。

けれどここまで来れて、人心地つけただろうか。

別れた皆のことが気になってくる。

シャノンさんやサンシタは、無事だろうか。

他の魔王十指を相手にしても、問題なく勝つことができているだろうか。

もちろん信じていないわけじゃないけれど不安に思う気持ちというのは、なかなか自分だとコントロールのできないものだ。

アイビーが魔王に勝つかより皆が魔王十指を相手に勝てるかどうかが不安だなんて、なんとも妙な話だとは思うけど。

（……なんにせよ、皆のことを信じるしかないよね。それにここで魔王を倒しさえすれば、確認しに行けるわけだし）

皆で頑張ったおかげで、アイビーはここまで一度も戦闘をしたり魔法を使うこともなくやってくることができている。

来る決戦に備えて、準備は万全だ。

階段を上っていく。

長いはずの階段も、緊張しているからかあっという間に終わってしまった。

そして階段が終わり、玉座の間へとやってくる。

そこには――。

「……とうとうこの時がやってきたか……」

宝飾のあしらえられた椅子に座っている、偉丈夫の姿があった。

魔物の王というからにはもっとグロテスクな感じの見た目をイメージしていたけれど、魔王は思っていたよりずっとシュッとしていた。

その見た目はかなり人間に近い。

しゅるしゅると生き物のように動いている黒い尻尾がなければ、見た目だけでは魔王とはわからなかっただろう。

魔王十指は皆、いかにも魔物っぽい見た目をしていた。

彼らと比べると、魔王本人が一番人間に近い。

いやあるいは、彼の爪を飲んだからこそ、魔物達が人間の形を取るようになったのだろうか……？

(でも……とんでもない魔力だ)

その身体に秘めている魔力は、思わず身震いしてしまうほどに多い。

魔力量では僕がアイビーに次いで世界二位かと思っていたけれど、全快をした僕よりも魔王の方が魔力は多そうだ。

魔王というのは玉座の上でふんぞり返って僕達人間のことを馬鹿にしているものだと思っていたけれど、彼はただこちらをジッと睥睨するだけだった。

「さぁ、それでは私も、運命に抗うことにしよう……」

魔王が立ち上がり、玉座に立てかけてある大剣を手に取った。

そのサイズは優に二メートルを超えている。

彼くらいの大男でないと扱えないくらいに重たいようで、先ほどまで置かれていた床は重量であり得ない凹み方をしていた。

「――みぃっ！」

アイビーは魔王の声に応えるように飛び上がると、一気に大きくなった。

玉座の間は閲兵式することができるようにするためか、とんでもなく広く作られている。

なのでアイビーは全力戦闘ができる本来の大きさに戻り、僕とレイさんは魔王と向かい合うアイビーを下り階段からジッと見つめている。

そして――

「ガアアアアアアッッ!!」

「みぃぃぃぃぃっっ!!」

アイビーと魔王の最終決戦が、始まった――。

その戦いをなんと表現すればいいのか、口が達者ではない僕には、上手く言い表す言葉が見つけられない。

アイビーの使うことのできる魔法には、制限というものがない。

彼女は無尽蔵の魔力を持ち、現存どころか既に逸失しているはずの古代魔法まで、あらゆる魔法を使うことができる。

故に最強、そして無敵。

アイビーは僕が見たこともないような光の柱を呼び出したり、またいきなりまがまがしい扉から悪魔のような生き物を召喚したり、またある時は魔王そのものを洗脳して自傷行為をさせたりといった、今までに見たことがないような戦い方をみせていた。

というのもどうやら魔王には、通常の魔法攻撃が通用しないようなのだ。

どんな魔物でも容易く貫通してみせていた、彼女の圧倒的なまでの物量によるシングルアクションの魔法群。

驚くべきことに、あれを食らっても魔王はまったくダメージを受けなかったのだ！

彼女は魔王に効く魔法を探すためか、僕が見たこともないような魔法群を使いながら、魔王に着実にダメージを与えていく。

アイビーと比べてしまうと、彼女に相対している魔王は、ずいぶんとシンプルな戦い方をしていた。

巨体のアイビーにダメージが与えられるようないわゆる全体攻撃魔法を、アイビーの障壁を貫通できるだけの威力で放つ。

またアイビーが放つ魔法の弾幕をかいくぐり、切り捌きながら、アイビーの急所を狙って剣を振るっていく。

見るものすら圧倒するほどの、力と力のぶつかり合い。

僕達はそれを、呆気にとられながら見つめることしかできない。

まるで物語の一ページを見ているかのような光景に、上手く言葉が出てこない。

「すごいな……」

「うん。というかこれ……アイビーが悪者に見えるよね」

「たしかに……」

アイビーと魔王との戦いは、まるで巨獣と蟻の戦闘のようで。

食い下がってこそいるものの、魔王の一撃はアイビーに着実なダメージを与えることができていなかった。

というか最上級回復魔法を即時に多重展開できるアイビーからすれば、魔王がたとえどれだけ強力な一撃を放ってきても、即座に治すことができる。

魔王にも強力な再生能力があるようだけれど、アイビーはそこを攻略するための糸口を掴み始めているようだった。

先ほどまですぐに治っていたはずの魔王の身体にある傷が、消えることなく残り始める。

アイビーの使っている魔法が高度すぎるせいで何をやっているか完全にはわからないんだけど、どうやら相手の状態を固定する魔法を使って、傷を負っているという状態を維持させているようだ。

魔王の身体に傷が増えていく。

その巨体故に大量の魔王の攻撃を食らうことになるアイビーではあるが、彼女は傷を負ったところからたちまち癒やしてしまうため、目に見えて残る傷というのは一つとしてなかった。

どれほど戦いが続いたのだろう。

五分だろうか、十分だろうか、あるいは一時間にも及んでいたかもしれない。

徐々に、しかし確実に、戦いの趨勢は決まりつつあった。

どんどんと傷の増えていく魔王の動きは少しずつ鈍りつつあり。

対してアイビーは先ほどまでよりもパワフルに、魔法を使い続けている。

この光景をまったく事情を知らない人が見たら、アイビーと魔王の一体どっちが人類の敵なのかわからないだろうと思えるほどに一方的な戦いだった。

やっぱりアイビーは最強で。

たとえ魔王といえど、アイビーに食い下がるので精一杯な様子だった。

ずしゃあああっと音を立てて、魔王が床に倒れる。

魔王はどう見ても、瀕死の重傷だった。

その身体から力と魔力が抜けていっているのがわかる。

「ふふ……やはり運命には逆らえなかったか。しかし私も運がない。まさか今になって全竜《リヴァイアサン》が復活するとはな……」

「全、竜……？」

なんだっけ、その単語。

どこかで聞いたことがあるような……？

「なるほどな……」

「知っているの、レイさん？」

「ああ、有名な童話の一つだ。まさか本当に……だがそれだと納得できるのも事実だな」

レイさんの話を聞いて、僕はようやくその存在を思い出した。

全竜とは、国、人、魔物……あらゆるものを飲み込んだという、伝説の災厄のことだ。

かつてまだ王国もなかったような、今から何千年も前の話だ。

全竜は突如として現れた。

そしてこの世界の半分ほどを飲み込んで、そのまま死んでしまったという。

「アイビーが……全竜ってことですか?」

「……不思議に思ってはいたんだ。そもそもどれだけ稀少な亀だからといえ、魔王十指を容易く倒せるような存在がいるはずがない。そして実際アイビーは魔王さえ、苦戦することもなく倒してみせた。そんな存在がもし居るのだとしたら……全竜だとしてもおかしくはあるまい」

僕らが話をしている目の前で、魔王が事切れる。

たしかに魔王を倒せるというのは、よくよく考えると普通のことじゃない。

アイビーはもう色々と規格外だから大して気にしてもいなかったけれど……アイビーが全竜か、
そっか……。

たしかにそう考えると、色々とつじつまが合うような気がした。

たとえばアイビーが魔王討伐に、最初はあまり乗り気ではなかったこととか。

魔王が自分の正体を知っていると考えたから。

それを僕に知られるのが怖くて、彼女はためらっていたんじゃないだろうか。

「みぃ……」

気付けばいつもの手乗りサイズに戻っていたアイビーが、ふるふると震えている。

そして少しだけうつむき加減になりながら、こっちを向く。

その瞳に涙が溜まっているのを見た瞬間、僕は思わず駆けだしていた。

アイビー。

君は、本当に……。

「アイビー、ほら……」

僕は苦笑しながら、アイビーのことを持ち上げようとする。

するとアイビーは……ブルブルと今までにないほどにその全身を震わせてから、

「みいいいいいっっ!!」

突如として、アイビーを囲うように光の球が現れる。

その光はどんどんと大きくなっていき、光を浴びた僕の意識はそこでなくなって――。


「ぎゃー」

そこに居たのは、一匹のトカゲだった。

よく見てみると、どことなく、アイビーに似ている気がする。

(これは、アイビーの……いや、全竜の、記憶?)

アイビーの面影を持つ全竜は、どんどんと大きくなっていった。

最初は周りに、仲間が居た。

同じトカゲの魔物の仲間達も、次第に疎遠になっていった。

どんどんと大きくなり、そして強くなっていく全竜に、誰もついてくることができなくなってしまったのだ。

「きしゃー……」

全竜は泣いていた。

涙こそ流していないものの、その心で泣いていたのだ。

彼女はただ、遊びたいだけだった。

誰かと一緒にいたいだけだったのだ。

たとえ自分と同じ強さなんかなくてもいい。

そんなものなくたって、私が皆を守るから。

だから私を……一人にしないで。

全竜は寂しさを抱えながら、長い時を過ごすことになる。

トカゲより大きくなってしまったから、次はドラゴンの輪の中に入ろうとした。

けれど彼女は竜ではないから、仲間にはなれないという。

それなら他の生き物と仲良くなろうとしたが、誰も彼女と共に歩もうとしてくれる人はいなかった。

皮肉なことに、身体は日を追うごとに大きくなり、全身を漲る魔力は年月が過ぎるごとに加速度的に増えていった。

何百年もの歳月を生きたことで、全竜はどんな生き物よりも強くなった。

その間ただの一人も、共に歩んでくれる者を見つけることはできなかった。

自分を利用する者や、自分を罠にかけようとする者や、自分を倒して武勲を上げようとする者。

全竜に近付いてくるのは、そんな奴らばかりだった。

故に全竜は、俗世そのものと関わることを止めた。

けれどその間にも全竜はますます大きく、そして強くなっていく。

そしてとうとう全竜は、世界に対する脅威そのものになった。

人も、魔物も、ドラゴンも、あらゆる生き物が全竜を殺そうと襲いかかってくる。

いかに最強といえど、世界全てを相手取って勝てるほどに無限の体力があるわけではない。

それに全竜自身も、全てを敵に回して戦い続けようなどというつもりもなかった。

そして全竜の生は終わりを告げる。

傷だらけになった全竜は思った。

強さなんて必要ない。

私は、ただ……。

そして全竜は死ぬ。

けれど、全竜の持つエネルギーの総量はすさまじいもので。

たとえ殺されても、その存在を完全に世界から消し去ることはできなかった。

そして数千年ののちに生まれることになるのが……全竜の転生体である、アイビーだったのだ。

アイビーは正確に言えば全竜ではない。

ただその力と記憶の一部を引き継いだだけの、新種の魔物だ。

全竜だった頃の記憶も、ほとんど残ってはいない。

けれど生まれたばかりの彼女には、明確に覚えているものがあった。

それは――寂しさだった。

誰も自分を理解してくれない寂しさ。

一人でいることで苛まれる孤独感。

誰とも精神的なつながりをもてないという、寂寥感。

故に幼い彼女は、自分が普通の亀とは違うということをわかっていても、それでも亀の群れの中で過ごし続けた。

そしてそれが――僕らの出会いのきっかけになる。

縁日に出されていた、亀掬いの屋台。

そこでテキ屋のおじさんが入れた群れの中に一匹だけ居た、不思議な亀。

僕は彼女に、一目惚れをしてしまった。

「こっちにおいで、アイビー」

そこにいるのは、小さな頃の僕だった。

まだちっちゃなアイビーはすうっと僕の下へ泳いでいく。

その胸の中にあるのは、期待だった。

前世とは違いまだ裏切られるようなことも、利用されるようなこともなく、アイビーは良い意味で純粋だった。

屋台で自分を揶おうとする人達の欲深い視線や、テキ屋をやっているおじさんの視線が嫌だったアイビーは重力魔法を解除して、僕の求めに応じてくれる。

ただひたすらに誰かといたいという純粋な気持ちでいっぱいだった彼女と、僕は長い時間を過ごしていくことになる。

それからは、僕も一緒に見てきた思い出の連続だ。

アイビーが大きくなりすぎても僕の肩に乗ってこようとしたり。

アイビーのせいでお母さんと喧嘩をすることになったり。

アイビーを恐れた村の皆が冒険者に討伐を依頼して、結果としてゼニファーさんと出会うことができたり。

僕は冒険者になって、アイビーはその従魔になって。

サンシタが仲間になって、レイさんと出会って、アイシクルもテイムして。

たしかにそれは、本来求めていたのんびりとした生活とはちょっとズレていたかもしれない。

けれどアイビーの隣にはいつだって、僕がいた。

だから寂しさを感じることもなく、過ごせていた。

そしてこんな日がずっと続けばいいと……そうアイビーは、思っていたのだ……。


「みぃ……？」

意識が戻ると、どうやら僕は座り込んでいるようだった。

下を向いてみればそこには、こちらを見上げているアイビーの姿がある。

どうやらアイビーも今の光景を僕に見せるつもりはなかったようで、とにかくあたふたしている。

アイビーは不安だったんだろう。

自分がもし全竜の転生体であることがわかったら。

魔王すら倒せてしまうような存在であることがわかったら。

僕が離れていってしまうんじゃないかと。

「……バカだよ。君は本当に……大バカ者だ」

キュッと、アイビーの身体を抱きしめる。

彼女のひんやりとした身体が手のひらに吸い付く。

ささくれ一つない綺麗な甲羅を撫でると、アイビーが喉の奥を鳴らすのがわかった。

「君がどんな存在だろうと……関係ない」

潤んでいたアイビーの瞳から、ぽたりと一粒の雫がこぼれ落ちる。

僕はそれをスッと親指で掬い取って、

「僕達は……ずっとずっと、一緒だ――」

「――みいっ！」

そうして僕達は、二人で笑い合う。

泣き笑いをしながら抱き合う僕達を、レイさんは少し離れたところから、優しい目をして見つめているのだった――。

That turtle,
the strongest on earth

エピローグ

他の救世者の皆は、全員無事だった。

再会できた時は思わず抱き合っちゃうくらいに嬉しかったよ。

そして僕は皆に、アイビーの話をすることにした。

アイビーは少しだけ不安がっていたけれど……結局皆、アイビーのことを以前と変わらず受け入れてくれた。

《姉御は姉御です。魔王だろうが全竜だろうが、変わりやしませんよ》

サンシタの言葉にアイビーが少しだけうるっとしていたあの時のことを、僕は生涯忘れることはないだろう。

今はもう、アイビーは一人じゃない。

僕以外の色んな人から受け入れてもらえるだけのことをしてきたんだ。

それを自分のように嬉しく思った僕の瞳もきっと、彼女と同じように潤んでいたと思う。

それじゃあ、魔王を倒した後の話をしようか。

魔王は倒され、世界は平和になりました。

めでたしめでたし……と終われるほど、現実というのは甘いものではなかった。

魔王が倒されたことで、世界中の魔物の狂暴化現象は、未然に防ぐことができた。

魔王十指がいなくなったことで各地で問題が起こるようなこともなくなった。

すると不思議なもので、人間というのは人間同士でいがみ合いを始めるのだ。

魔王城への出兵もできないくらいにいがみ合っていた各国だったが、以前はあれでも十分まとまっていたらしい。

今ではまた国境沿いで小競り合いをするようになったらしく、結局のところ人と魔物の争いが、人と人の争いに変わっただけな気もする。

——けどまぁ、それでも。

世界は前より幾分か、平和になったと思う。

ちなみにアイビーが全竜の転生体であることは、僕達救世者の皆で話し合った結果、伏せておくことにした。

世の中には知らない方がいいこともある。

知れ渡っても誰も得をすることがない事実なら、伏せておいた方がいいと、僕は思うのだ。

だがそうすると、魔王を討伐したのは一体誰なのだということになる。

『勇者を倒したのは、救世者に所属している勇者のレイである』

これが王国が出すことになった、公式見解だ。

アイビーの正体を公にできない以上、魔王を倒すのは対をなす勇者であるレイさんでなくてはならない。

「アイビー殿には色々と助けてもらったからな……その程度で良ければ、引き受けるよ」

レイさんは救国の勇者として、今や超がつくほどの有名人だ。

世界のあらゆる国が、レイさんを囲い込んで王家を繁栄させようと躍起になっているという。

面倒を引き受けさせてしまって悪いとは思っているので、アイビーと一緒に色々と便宜を図っていくつもりだ。

ちなみにレイさんと同じパーティーメンバーであるという理由で、今や僕もアイビーも結構な有名人だったりする。

あ、救世者の活動は、一時休止という形になった。

皆それぞれ、別々の道を進むことになったからね。

一等級冒険者として以前より更に有名になったシャノンさんは現在、世界各国を飛び回っている。

なんでも自分の身体が動くうちに、世界中の迷宮を攻略したいのだそうだ。

迷宮というのは、何百年も前に滅んでしまった古代文明が遺した遺跡のことで、強力な魔物が棲み着いている危険地帯らしいけど……強くなった今のシャノンさんなら、きっと踏破だってできるだろう。

マリアさんとハミルさんはイリアス王国中を行脚して回るそうだ。

世俗を知るためという話だけれど、なんだか楽しそうにしているマリアさんを見ると物見遊山目的なような気がしなくもない。

アイシクルは、相変わらずアクープでの産業作りに精を出している。

今では昆虫以外も操ることができるようになったことで、エンドルド辺境伯とゼニファーさんの鼻息が荒くなっているみたいだ。

そして僕達はというと……。

「ふあぁ……」

「みぃぃ……」

《日差しが気持ちいいでやんす……》

アクープの家で、ぬくぬくとした生活を続けていた。

いや、ぬくぬくではなく、ぬっくぬくと言った方がいいかもしれない。

食っちゃ寝を繰り返しては、ぼーっと日差しを浴びる。

ここ最近忙しく動き回っていた分の休息を一気に取るように、僕らは落ち着いた時間を過ごしていた。

やっぱり日差しを浴びながらのお昼寝は気持ちいいねぇ……。

「みぃぃぃ……」

大きくなったアイビーの背中に乗っていると、なんだか意識が遠くなっていく。

《ｚｚｚ……》

隣にいるサンシタは、気付かないうちに熟睡していた。

この眠気に身を任せてしまうのも、悪くないかもしれない。

——きっと僕達はこれからもなんやかんやと、動き回ることになると思う。

けれど最後にはこうやって、ゆっくりとした時間が過ごせれば、それでいい気がするのだ。

きっと幸せっていうのは、ドカッと降り注いでくるようなものじゃなくて。

こうやって過ごす日々の中に、ちょっとずつあるものなんだと、僕は思うから。

「アイビー……」

「み？」

「ずっと、一緒だからね……」

「——みぃっ！」

アイビーの元気な声を聞きながら、瞼を閉じる。

僕やアイビーが求めていた日々は、たしかに今、ここにある。

ここにある確かな幸せを噛みしめながら、僕達はおやつの時間になるまで、ぐっすりとお昼寝をするのだった——。

あとがき

『その亀、地上最強』第三巻です！

今までお付き合いいただき、本当にありがとうございました！


初めましての方は初めまして、そうでない方はお久しぶりです。しんこせいと申す者でございます。

『その亀、地上最強』第三巻楽しんでいただけましたでしょうか？

この作品は個人的に、かなり思い入れのある作品です。

というのも自分がこの作品を書いたのって、実は2019年のことなんです（参考までに言っておくと、なろうで今作の投稿を始めたのは2022年になってからです）。

かわいい亀が主人公と二人三脚で頑張っていく、異種族ヒューマンドラマが書きたい。

そんな思いから書き始めた物語でした。

筆はどんどん進みましたが、一巻分を書いたところでふと思ったのです。

この作品を世に出すのは、まだ早い。

タイトルも亀とのヒューマンドラマという題材も変化球が過ぎるので、少なくとも自分という作家にある程度のネームバリューが出るまでは誰からも見向きもされないだろうと。

そして書いてから実に三年以上の時が経ち……２０２２年になった時、突然私の小説がなろうでバズりました。

今なら読者が自分の作品を読んでくれるかもと少し自信がついてきた時、僕はふと眠っている今作のことを思い出しました。

今ならもしかして、いやでもまだ早いかも……そんな風に思いながら、ブラッシュアップして出した『その亀、地上最強』は無事にランキングを駆け上がり、あれよあれよという間に人気作になっていました。

僕は今作を読み返す度に、懐かしい気持ちになるのです。

今作の一巻には、今の僕がなくしてしまった輝きと、今ならこうはしないよなぁという未熟な部分が詰まっています。

それと地続きで書かれた二巻と三巻も、その雰囲気を壊さないように心がけて書いていました。

この亀の一巻該当部分を書いた時と現在で、僕の環境は大きく変わりました。

その過程で得たものも失ったものもたくさんあります。

あいつも変わっちまったなと思った読者の方も多いかもしれません。

ですができることなら、亀を書き出した時と同じく、読んでくれた人がほんのちょっとでも優しくなれる小説を、最後まで書き続けられたらと思っています。

最後に謝辞を。編集のI様、ありがとうございます。ラムしゃぶ美味しかったです。新作だったらいくらでも書きますので、また連れて行ってください！

福きつね様、ありがとうございます。この本が新文芸の皮を被れているのは、間違いなく先生の美麗なイラストのおかげです！

そして今作を手に取ってくれたあなたに、何よりの感謝を。

それでは、またどこかで。

Thanks for Reading!!
さいごまで読んでくれて
ありがとうございす！
イラスト担当させて頂けて
とっても楽しかったです！
またブルーノたちと一緒に
旅ができる日を夢みて
おります〜
福きつね☆

小説投稿サイト
小説家になろう
第6回
アース・スターノベル大賞
Earth Star Novel Awards 6th 2024
©Suzunosuke
※小説家になろうは、株式会社ヒナプロジェクトの登録商標です。
※第6回アース・スターノベル大賞はアース・スターノベル、アース・スタールナと小説家になろうの合同企画です。
詳細はこちらから▶

メイドなら当然です。
万能メイドさんの
異世界紀行
濡れ衣を着せられた万能メイドさんは旅に出ることにしました
三上康明
illustration
キンタ

異世界ガール・ミーツ・メイドストーリー!

地味で小柄なメイドのニナは、
ある日「主人が大切にしていた壺を割った」という冤罪により、
お屋敷を放逐されてしまう。
行き場を失ったニナは、
お屋敷の中しか知らなかった生活から心機一転、
初めての旅に出ることに。

初めてお屋敷以外の世界を知ったニナは、
旅先で「不運な」少女たちと出会うことになる。

異常な魔力量を誇るのに魔法が上手く扱えない、
魔導士のエミリ。
すばらしく頭がいいのになぜか実験が成功しない、
発明家のアストリッド。
食事が合わずにお腹を空かせて全然力が出ない、
月狼族のティエン。

彼女たちは、万能メイド、ニナとの出会いにより
本来の才能が開花し……。

1巻の特設ページこちら

コミカライズ絶賛連載中!

戦国小町苦労譚
転生した大聖女は、
聖女であることをひた隠す
領民0人スタートの
辺境領主様
ヘルモード
～やり込み好きのゲーマーは
廃設定の異世界で無双する～
二度転生した少年は
Sランク冒険者として平穏に過ごす
～前世が賢者で英雄だったボクは
来世では地味に生きる～
俺は全てを【パリイ】する
～逆勘違いの世界最強は
冒険者になりたい～
反逆のソウルイーター
～弱者は不要といわれて
剣聖（父）に追放されました～

無職の英雄
別にスキルなんか
要らなかったんだが
もふもふとむくむくと
異世界漂流生活
冒険者になりたいと
都に出て行った娘が
Sランクになってた
メイドなら当然です。
濡れ衣を着せられた
万能メイドさんは
旅に出ることにしました
万魔の主の魔物図鑑
―最高の仲間モンスターと
異世界探索―
生まれた直後に捨てられたけど、
前世が大賢者だったので
余裕で生きてます
偽典・演義
～とある策士の三國志～
ようこそ、異世界へ!!
EARTH STAR NOVEL
アース・スターノベル

その亀、地上最強 ③

発行 ―――――― 2024年3月15日　初版第1刷発行

著者 ―――――― しんこせい

イラストレーター ―――― 福きつね

装丁デザイン ―――― 山上陽一（ARTEN）

発行者 ―――――― 幕内和博

編集 ―――――― 今井辰実

発行所 ―――――― 株式会社アース・スター エンターテイメント
〒141-0021　東京都品川区上大崎 3-1-1
目黒セントラルスクエア　7F
TEL：03-5561-7630
FAX：03-5561-7632

印刷・製本 ―――― 図書印刷株式会社

ISBN 978-4-8030-1907-0